対岸のヴェネツィア

内田洋子

集英社文庫

対岸のヴェネツィア

目次

対岸のヴェネツィア

雨に降られて、美術館

二月。未明に目が覚めて、居間へ行った。しんと底冷えがする。ミラノは夜十時になると市の規則で、重油を使うセントラルヒーティングは切れてしまうのだ。

ふと、コンピューターを開けてみる。日本とイタリアの時差は八時間。イタリアがまだ眠っているあいだに、日本ではもう新しい一日が始まっている。

何通かの業務メールの間に、旧知からの一通が挟《はさ》まっていた。母校を共にする年下のその人は、フリーランスで商業翻訳をしている。大学ではアラビア語を専攻し、卒業後も趣味でいくつかの外国語を習得してきた。

〈ラジオでイタリア語講座を聴くたびに、学生時代に一人旅をした各地でのさまざまを思い出しています〉

登山用リュックを背負って夜行列車や鈍行を乗り継ぎ、イタリア半島の観光名所だけではなく寒村まで回ったことが書いてあった。

〈もう一度、ヴェネツィアに行きたかった……〉

中学校、高校、大学と三人の子。自宅での仕事。家事。独り暮らしの老母。都心から遠いベッドタウンの住まい。三十五年のローン。そして、突然の病気。

真っ暗な居間に、コンピューターの画面が青白く浮かんでいる。日本に向かって開いた窓のように思えた。その向こうで、年下の友人が寂しげに笑っている。

夜が明けるのを待って、私は零下のミラノからヴェネツィアへ向かう仕度をした。


一年を通してヴェネツィアは、美術展や映画祭、レガッタやカーニバルなど、有名な催しが目白押しで、常に世界各地からの観光客でごった返している。ところがそういうヴェネツィアにも、底の時期がある。カーニバルを挟んで二つに分かれる冬だ。

「何もこの時期に来なくても……。周旋業者も休業しているからなあ」

出がけにミラノ中央駅から、友人に電話をした。これからヴェネツィアへ家を探しに行くと告げた私にファビオは呆《あき》れながらも、手を貸すよ、と約束してくれた。

彼はヴェネツィア出身である。大学卒業後にミラノで建築事務所を開業し、数々のコンペにも勝ち順風満帆の毎日を送っていたが、五十歳を過ぎたある日、突然、閉業。家と自家用車を始末すると、ミラノとすっぱり縁を切るようにヴェネツィアへ帰ってしまった。

天候のよいときは観光客で身動きが取れないし、歩けば橋に当たり、頻繁に冠水、蒸す夏に凍る冬、敷石はぐらつき、走り抜けるドブネズミ、漆喰《しっくい》が剝《は》がれ落ちた壁はカビで黒ずみ、湿気と澱《よど》んだ臭いが路地奥に重なり合う。

そういう町ヴェネツィアへ、たとえ生まれ故郷とはいえ、人生後半に差しかかってから戻るなんて。わざわざ苦難と不便に立ち向かうようなものではないのか。成功も縁故も地位も手にしたミラノのほうが、楽に暮らせるだろう。イタリアの最先端が集まる都会は、便利で刺激的だ。

「住みにくい町には、建築家にはすることがいろいろあるからね」

建築の専門家が終《つい》の住処《すみか》に選んだヴェネツィアを、私も旅行者としてではなく住人として試してみたい、という思いもあった。

初めて私がヴェネツィアを訪れてから、どのくらい経《た》つだろう。

大学時代の夏休みに、観光で訪ねたのが最初だった。イタリア語を専攻する学生にとって、ヴェネツィアは必見の地だった。軽い気持ちで訪問前に資料読みにかかったものの、序の口で断念した。ページをめくるごとに西欧なるものが押し寄せ、それはあらゆる分野に及び、膨大で、生半可に準備しても話にならないと思ったからだった。読んだページが重なっていくのを見ると、ヴェネツィアに沈殿し層を成す過去を、そっと一枚ずつ剝がしては積み直すような気がした。剝がし損じればたちまち堆積した時は崩れ、自分も過去の底へ埋もれてしまうようで恐ろしくなった。

そして夜行列車でいよいよ着き、駅から出て大運河を前にして言葉を失った。

〈いったん入ったら、簡単には出られないのではないか〉

現世の風景とは到底信じ難《がた》く、足が竦《すく》んだ。

あのとき、リアルト橋やサン・マルコ広場、溜《た》め息《いき》橋、サルーテ聖堂などを観《み》て回ったのだっただろうか。記憶は、ぼんやりと薄れている。魂を抜かれてしまっていたのかもしれない。時間が経つにつれて、はたして本当にヴェネツィアを訪れたのかどうかすら曖昧《あいまい》になっていった。磨《す》りガラス越しのような光景は夢の中で見たものだったのかもしれない、とすら思った。

薄暗いミラノの市街地を、電車はヴェネツィアに向かって疾走している。超特急電車の車窓の外を、雪が斜め後ろに飛んでいく。かつて五時間少々かかっていたところを、今は二時間半で行く。

ミラノで暮らすようになり、交通の便がよくなって以来、私にはヴェネツィアは日帰りで行くところとなっていた。町はいつも満杯だし、宿も食事も法外に高い。用件を目がけて訪ねては、とんぼ返りする。駅とその一点との往復のみで、よそ見も寄り道もしない。

複雑に込み入った路地と橋に水路、大運河と干潟《ひがた》。それがヴェネツィア、それで十分、と見所はもう押さえたつもりでいた。いや、そう思い込まないと、町に見入ったが最後、心を摑《つか》まれて離れられなくなるのを知っているからだった。

今まで吹雪《ふぶ》いていた空の裾が、薄白んできた。電車は、ヴェネツィアのひとつ手前のメストレ駅に着いたところである。けっこうな人数の乗り降りがあり、湿った外気と話し声、衣擦《きぬず》れの音が車内に流れ込んでくる。

窓からプラットフォームを眺める。過半数は外国人旅行者だが、相当数の一般乗客もいる。荷物もさることながら、その足元で一目瞭然に見分けが付く。観光客たちの足元は、おしなべて洒落《しゃれ》ている。歩きやすそうなスポーツシューズは、最新モデルだ。この旅行のために用意したのだろう。イタリアへの弾む思いが伝わってくる。流行《はや》りのボア付きスエードブーツにニーハイブーツや編み上げのブーツも見える。革には鈍い照りがあり、垢抜けている。ヴェネツィアはひどく冷える。ロングブーツがあれば安心、と、あるいは旅の途中でイタリア製を買ったのかもしれない。

一方、あちこちで二、三人ずつ集まって立ち話をしている人たちは揃《そろ》って、膝下《ひざした》までのゴム長靴にズボンの裾をたくし上げ無造作に押し込んでいる。ほとんどの男性は手ぶらで、荷物のある人はリュックを背負っている。雨足は強いのに、傘を持つ人は少ない。男性も女性も、船乗りが着るようなダウンジャケットを纏《まと》い、ウールの帽子の上からさらにフードを目深に被《かぶ》っている。雨がどうした寒さが何だ、と動じる様子はない。地元の人たちにとっては、悪天候も日常の繰り返しに過ぎない。

駅員が短く警笛を鳴らし、超特急電車は動き始めた。

線路の両側に道路が走る。道路沿いには、何の変哲もない建物が点在する。合間に青空駐車場がいくつか続き、後ろに大きな看板を掲げた商業施設が見える。駐車場は辛うじてフェンスで仕切ってあるが舗装はされておらず、ぬかるんでいる。侘《わび》しい、という他にはこれといった特徴のない、くすんだ景色が続く。本当にこの先にヴェネツィアがあるのか、と不安になるとき、前方に低木の繁みが見え始める。

電車はそこで、がくりと速度を落とす。

その途端、視界いっぱいに水面が広がる。中海だ。鶯色《うぐいすいろ》のような、灰色のような中間色の水を湛《たた》えて、波はない。

車内のあちこちで歓声が上がる。息を呑《の》む気配。窓越しにさかんに写真を撮り始める人もいれば、座席間の通路に立って両側の車窓からの眺めを逃すまい、と見ている人もいる。何度訪れていても、この瞬間にはいつも気持ちが高まり、それまで読んでいた本や考えていたこと、気になる問題などすべてが一瞬にして消えてしまうのだった。

このすぐ先で、ヴェネツィアが待っている。しばらくぶりに会う大切な人のようだ。

線路と道路は、中海をまっすぐに突き抜ける橋を走る。〈自由の橋〉という。電車は、さらに速度を落とす。音と揺れが引く。それまで斜め後ろへ飛んでいた雨足は、細い縦線となって落ちていく。雨は水面を打ってはね、あとから続く雨足と交差してけぶっている。雨の中、こちらに一つあちらに一つ、と小さな干潟が見え隠れしている。

「これは大変！」

鋭い着信音を受けて携帯電話を手に取り、画面を見ていた女性が叫んだ。地元の人なのだろう。頑丈そうなゴム長靴に雨除《あまよ》けの帽子を被り、手荷物はスーパーの買い物袋だけである。

「もう北側の路線は、運航休止ですって」

水上バスのことらしい。それを聞いて、ゴム長靴組は各自の携帯電話の画面を覗《のぞ》き込んで溜め息を吐《つ》いたり、慌てて電話をかけたり、ブツブツ独り言を言ったりし始めた。

メッセージは、ヴェネツィア市役所からの冠水警報だった。

「今朝早くの冠水予報では、『海抜百十センチの高さになるのは正午近く』と、出ていたのに……」

「冠水の時刻が早まったうえに、予報よりもだいぶん高くなるらしいね」

ゴム長靴組は、慣れた調子であれこれ話している。地区の名前と目印になる店や教会の名前を次々と挙げながら、どの路地は通れる、あの曲がり角から先はもう歩けない、などと情報交換を始めた。

観光客たちは事態の深刻さがわからないまま、すぐに手が届きそうなところまで迫ってきたヴェネツィアに興奮している。

電車から降りると、もう駅前の石段のところまで水が寄せてきている。駅前の通りには、金属製の脚が付いた長方形の台が並べ置いてある。天板は木で、一見、夏祭りに使う簡易テーブルのようにも見える。せいぜい一メートルあるかどうかという横幅で、台上で行き交うのには狭すぎる。高さ違いで何種類かあり、冠水の程度に合わせて台が並べてある。

旅行者たちは、キャリーバッグや大型のスーツケース、傘に地図、と嵩張《かさば》った身繕いだ。初めてのヴェネツィアに気もそぞろである。台に上ると感極まり、両手の荷物を置いて記念撮影を始める人も出る。ただでさえ幅狭の台上に、団子状に通行人が滞ってしまう。

台上の騒ぎをよそに、地元の人たちはゴム長靴で路上の水を蹴り分けるように黙々と歩いていく。早足だ。私もよそ見をせず、前を行く人の足元だけを見て歩く。ゴム長靴の後について行けば、地図よりよほど確かだからである。傘は役に立たない。吹き込んできた風に霙《みぞれ》は霧状へ変わり、舞うように降っている。傘の柄《え》を伝って雫《しずく》が袖口から入ってくる。長靴の口回りも、吹き込む雨でずぶ濡《ぬ》れだ。何度もマフラーを巻き直すものの、首回りから湿気が入り込み襟元が冷たい。車内にいるときから早々と毛糸の帽子の上にコートのフードを重ねスカーフとマフラーを二重巻きにしていた、地元の人たちの重装備を思い出す。

ファビオの紹介先や大学の掲示板や新聞の告知、水上バスの停留所近くの貼り紙などから控えた賃貸情報に、片っ端から電話を入れてみた。

「今日の今日ですか！」

電話に出た相手は一様に驚き、

「こんなひどい天候の中を……」

と、物件への案内を渋った。

冠水のときこそ、家を見に行くには絶好の機会である。

賃貸には一階の物件が多い。細い路地に面した建物の一階だと、晴れても日が差し込まないところもある。玄関口に、ドアの幅に合わせてステンレス製の板がはめ立ててある家がある。外壁が地面から三十センチほどの高さまで、抜けない湿気で黒ずんでいる建物もある。悪天候のときに見ておかないと、家と水との関係が摑めない。

電話口で、待ち合わせ場所に教会の名前を挙げてから、

「大運河沿いには歩かずに、石の小さな太鼓橋を渡って、そのあと階段付きの平橋

を……」

細かく道順を説明する周旋業者もいた。迷いながらようやく待ち合わせの場所へ近づくと、冠水に浸っていないのはその教会の正面口だけで、周囲は川と化していたりした。雨に濡れて物件を訪ねながら、冠水に浸《つ》かる地点を赤い×印で地図に書き込んだ。冬のヴェネツィアの日は短い。その日、乾いた貸家は一軒も見つからなかった。

雨の降っているうちに、と勢いに任せてミラノを出てきたものの、いかんせん準備不足である。思い付きにもほどがあった。自分の稚気に呆れながら、これもまたヴェネツィアの魔力によるものかもしれない、とも思った。

昼食にバールに立ち寄っただけで歩き続け、空腹と濡れそぼった全身を引き連れてもう動けず、どこか乾いたところで休憩したかった。アメリカの現代アーティストの展覧会の記事を思い出す。まとまった点数を揃えた絵画展だ。見逃すと、簡単には次の機会は訪れないだろう。

〈それに……〉

何度も訪れたことがある、展示会場を思い浮かべる。現代美術を専門に集めた美術館で、十八世紀の建物の内部を現代風に改築してある。美術品を引き立てるためだろう。建物の中は、ごく簡素で無駄な装飾がない。まっすぐの白い壁に明るい色の床、大運河を望む大きな窓のおかげで、冬や雨の日でも館内は明るい。中庭に続くカフェテラスやショップがあり、ゆっくりと過ごせる。

凍えて感触のなくなった手をこすり合わせながら、小走りでチケット売り場へ入った。霙の降る夕刻にはさすがに、いつもの行列もない。

「あの、よろしいのでしょうか」

片付けにかかり始めていた売り場の青年が時計をちらりと見ながら、チケットを求めた私に強いドイツ語訛《なま》りのイタリア語でそう尋ねた。丸くて小さいメタルフレームの眼鏡の奥から、訝《いぶか》しそうな碧眼《へきがん》を向けている。

閉館時間まであとわずか。企画展もさることながら暖を取るために入った、とはさすがに言えない。一点だけでも観られればそれで満足、と急ぎ足で奥へ向かった。

歩くと橋、橋を渡ると水溜まり、敷石のぐらつく路地、突き当たりの狭い貸家、雨、雨、雨。

そういう一日の後で入った美術館は、いきなり超現代であり、創造的な気配に満ちた知的な空間だった。そして何より、乾燥していて暖かかった。残り時間を気にしながら鑑賞するのも、と企画展には入らずにショップへ入った。店内にはもう誰もいない。レジの前で、女性の店員が片付け始めている。ぎりぎりまでそこで時間を潰そう、と店内をひやかした。ふと壁に掛かる絵葉書が目に入った。企画展の作品が数種類、最上段に並んでいる。時間切れで現物は観られないが、せめて絵葉書でも記念に買おうか。手が届かない。壁に掛かった位置が高すぎて。

店を閉める作業にかかっていた店員に、取ってもらえないか、と声をかけると、レジから出てきてくれた。向き合ってみて、二人で大笑いする。その女性も私とたいして変わらない背丈だったからである。

「ちょっとお待ちくださいね」

彼女は店の奥へと走っていった。閉館を告げる館内放送が流れ始めている。

奥から現れたのは、長身で威風堂々という雰囲気の女性だった。赤みがかった茶色の巻き毛を揺らし、胸を突き出すようによい姿勢で顎《あご》を上に向け、笑いながらやってくると、ひょいとハイヒールで背伸びして、わけなく最上段の絵葉書を抜き取りレジ前に並べて、どうぞ、という顔をした。

「それにしても、閉館まであと十五分しかないのに、またどうして？」

ハキハキと大きな声で、そしてやや問い詰めるような調子で尋ねた。美術館のスタッフの中でも、かなりの古株に違いない。受付のドイツ青年から通報があったのだろう。

彼女の目は、濡れてくたりと重い私の全身を隈《くま》なく、素早く点検している。疲れて暗い表情で突っ立っていた私は、慌てて薄い作り笑いで見返す。

四十歳過ぎか。初対面でズケズケと言われているのに少しも嫌な気はせず、むしろ旧知のような親しみを覚えた。

雨の降る冬が絶好のチャンス、と今朝思い立って家探しに来たこと。見た物件は、どれも帯に短したすきに長しだったこと。濡れそぼり、冷え切っていること。張り切っていた分、意気消沈していること。ヴェネツィアは手強《てごわ》いですね。

「かわいそうに……」

濡れた迷い猫を見るような眼差《まなざ》しで赤毛の女性は呟《つぶや》くと、「すぐ戻るから」と、何か思い付いたような顔をして大股で奥へと消えてしまった。

いよいよカフェテラスが閉まり、消灯。中庭へのガラスドアや大運河側の出入り口に、錠や鎧戸《よろいど》が下り始めた。次第に暗くなっていく館内で、ヴェネツィアに幽閉される気持ちになる。

ショップに華やかなフローラル系の香りが流れたかと思うと、

「お待たせしましたね！」

数枚のコピー用紙をバサバサと煽《あお》りながら、さきほどの女性が戻ってきた。

「毎年、各国からうちに来る研修生のために、貸家の一覧を作っているのよ。研修生の担当がこの人。これは総務。広報も役に立つでしょう。それからこれは館内のカフェテラスと食堂運営を丸抱えで任せている、外部のレストランのオーナー……」

名前と携帯電話番号が記されている。他に、貸家の見取り図らしいものが数枚。ヴェネツィア全体の地図と各地区のもの。水上バスの路線地図。時刻表。

「三月中頃に、店子《たなこ》の入れ替わりがあるから。そのときを目がけて、彼に問い合わせてみてね」

そう言いながら赤いボールペンで囲ったのは、ドイツ系の名前だった。

そうよ入り口の彼、と頷《うなず》いて笑い、私に家探しのための資料一式を渡すと、

「閉館でございます！」

どのように礼を言えばいいのか、とまごついている私の腕を取って組み、ヒールの音高く廊下を進んで、関係者専用出口まで送ってくれたのだった。


目の前は、運河。気が付いたら、ヴェネツィア。

岸壁沿いに並ぶ家に住むことになった。三月に再訪した際、待ち構えていたようにドイツ人のトビアが開口一番に、

「僕は、これしかないと思います」

十数軒の物件の中から指した家である。

ジュデッカ島という、本島を南から見る位置にある離島で暮らすことになった。

所詮、ジュデッカ

故あって、木造帆船に住んだことがある。はじめは、春夏と過ごせば十分だろう、と思っていた。船は航海歴六十年を超える年代物だったうえ、長いあいだ浜に引き上げられたままだったためにひどく傷んでいた。甲板はあちこちが剝がれて反り返り、そのせいで船室の天井にはいくつも染みがあった。老朽化が進み建て付けが悪くなった家と同様、あちこちから隙間風が入るので、暖房のない船上には夏が終わると住めないだろうと思っていた。

ところが結局、船上生活は六年間にも及んだ。船から降りたのは、帆柱を通していた甲板の穴が長年の波動で変形してしまい、ぐらつくようになったからだった。

「船の要が揺らぐようになっては、もう潮時だ」

修繕しても自在に航海するのはもう無理、と船長は判断した。船は、海原に出てこそ。港にただ碇泊《ていはく》しているようでは、葬られたも同然だ。陸《おか》に船を引き上げ、船上生活は終わった。

その後、潮の香りや波の音から離れて暮らしていた。

そして、気が付いたらヴェネツィア。

ヴェネツィアのことを〈水の都〉と呼ぶ人がいるけれど、そうだろうか。

漁師や船乗りたちが下船するとき、「揺るがぬ大地に着いた」と言う。揺るがぬ地である大陸と、いつ沈むかもしれない干潟のあいだに揺蕩《たゆた》うのは、〈動かぬ海〉だ。外海から内海に流れ込み、そこに滞る水に、ヴェネツィアは囲まれている。それは海の端というか、海の成れの果てというか。もはや飛沫《しぶき》を立てず、流れと渦を失い、潮騒《しおさい》を忘れ、ひたりと空を見上げている。ここに世界の東と西が寄っては離れ、入り混じり、新しい時代が生まれては消滅し、いくつもの過ぎた時が沈殿していった。海は不要になったものを外へ連れ出し濾過《ろか》していくのに、ヴェネツィアでは淀み、澱《おり》となる。そして何かの拍子に浮き上がってきては、いま陸にいる人をどきりとさせたり懐かしがらせたりする。

この町に誰が住む。どう暮らすのか。

陸に引き上げられ二度と海に戻ることのなかったあの古船と自分を重ねながら、海のようで海でない水上に架かる〈自由の橋〉を渡り、ヴェネツィアに着いた。

美術館勤務のトビアからその借家を紹介されたときは、あまり気が乗らなかった。ただでさえ陸地から離れたヴェネツィアである。その本島からさらに水上バスで運河を渡った、外海との境にある干潟にその家はあった。島の向こうの、離れ小島である。

「ヴェネツィア本島から距離を置いて暮らしてみるのも、また面白いのではないでしょうか」

いかにも不便そうなその家を、トビアは熱心に勧めた。

彼は大学で博物館学を専攻し、当地の美術館に採用された。もう五年もヴェネツィアで暮らしている。瘦せた長身に金髪をなびかせ、ジーンズに綿シャツ姿の質素なドイツ青年である。よく知られた美術館で、各国から大学生たちが実習にやってくる。実習生受け入れの窓口を彼は担う。下宿探しから生活の案内、実習の時間割り作りなどを行う。実習生の中でも手がかかるのは、家探しである。実習生の滞在期間は、半年から長くても一年というところ。ところが大半の家主は短期間だけ貸すのを面倒がるので、適当な物件はなかなか見つからない。美術館は、実習生が来ないと困る。入館者は多く、正規の館員だけでは対応しきれず、実習生の手も借りなければ回らない。

もし美術館が紹介すれば、家主も店子も互いに素性を知ることができて安心だろう。信用できる相手なら、周旋業者を通さずに直で貸し借りもできる。手数料不要で、一石二鳥ではないか。

そういうわけで、美術館は常時、家主から持ち込まれる物件を一覧にまとめておくようになった。その一覧を作るのが、トビアの仕事だった。

美術館の手を借りずとも家探しには二日もあれば十分だろう、とそれほど心配はしていなかった。ヴェネツィアでは駐車場は不要だし、小さな町なので中央から離れた地区を選ぼうともさほど不便ではない。何より、空き家だらけの町という印象が強かった。夜に窓を見ながら歩くと、それが一目瞭然だった。ほとんどの窓には固く鎧戸が閉められていて人気《ひとけ》がなく、棟ごと闇に紛れている。大運河沿いの建物はどれも堂々と立派だが、水際に目を落とすと、壁は浸食されて剝がれ落ちている。華やかなレリーフが施された正面の重さを、建物はすぼんだ足元で必死に支えている。横の建物に寄り掛かるように傾いた塔。屋根の線は、空とも地面とも平行ではない。細いトンネルのように上階へ延びる急階段があるだけで、どの建物にもエレベーターなど付いていない。町ごと世界遺産なので、好き勝手に改築はできない。立派なのはホテルや美術館に改築されたものだけで、他はがらんどうである。

前夜の散歩で、空き部屋や不便そうな部屋、傾いた建物にあらかじめ目星を付けておき、翌日の明るいうちに再訪して、賃貸の貼り紙がないか、あるいは近隣の商店や住人に空きがないか訊《き》いて回れば、わけなく見つかるだろう。

ところが……。

一日の下見では足りず、二日回っても見つからなかった。そもそも〈貸家あります〉の貼り紙すら見当たらず、見つかっても雨に打たれて解読できず、住民に尋ねようにもまず人が通らない。いったいこの地区の住人たちは、どこで買い物をしているのだろう。仮面やガラス細工を売る土産物店はあっても、ちょっとした日用雑貨や食材の小売店は慣れない目には見つからない。古びたバールがあった、と喜んで飛び込んでみると、カウンターの向こうから東洋人の男に挨拶されたりした。

行列に横入りする気分で、トビアから渡された一覧を順に当たっていく。部屋数のある大きな家まで一覧に載せてあるのは、共同で借りてルームシェアする学生たちがいるからだ。ワンルームでも十分、と物件を見に行くと、台所とは名ばかりで、壁から突き出た蛇口と流し台、ちゃちな合板の台に電気コンロが一個載っているだけだったりした。ソファもベッドも見当たらない。どこで寝るのか。家主に問うと、隅の机と小椅子を玄関へ運び、壁に立て掛けてあった板をビールケースの上に置いて、「可動式なんですよ」と説明した。それでも、部屋の小さな窓からは屋根の赤い瓦が連なって三角波のようで、その先の水平線上にはサン・マルコ広場の鐘楼が見えた。毎日その景色を見ることができるだけでも、家賃を払う価値はある、と胸を張った。

「ヴェネツィアの美しさは、お金には換算できませんから」

こちらの心の内を見抜いたかのように、家主は契約書をヒラヒラさせながら言うのだった。

どの家もそれなりの個性が面白かったが、住んでみようという気持ちにはならなかった。もうすぐ日が暮れようとしている。気持ちも沈んでいく。ミラノに戻る前に、「ぜひ」とトビアが推した家も見にいってみようか。離れた島へ渡るのは億劫《おっくう》だったが、ここまで来たらもう、乗りかかった船ではないか。

観光客がひしめくリアルト橋やサン・マルコ広場から離れ、大運河の上に架かる木造の長い太鼓橋、アカデミア橋を渡ると、本島の南部だ。ヴェネツィア派を生んだアカデミア美術館にキュビスムや未来派で知られるペギー・グッゲンハイム・コレクション、プンタ・デッラ・ドガーナ現代美術館が隣接して建ち、大運河の東端をサンタ・マリア・デッラ・サルーテ聖堂が飾っている。

アカデミア橋と美術館を背後に残し直進すると、本島南端に行き着く。島の縁《へり》に立つ。目の前には、ジュデッカ運河。幅広で深い。大陸とを結ぶ長距離水上バスをはじめ、本島を外回りしてサン・マルコ広場へと繋《つな》ぐ水上バス、アメリカやギリシャ、トルコとを就航する豪華大型客船の航路でもある。用途も大きさも異なるさまざまな船が、運河を直進したりジグザグに折れ進んだりして賑々《にぎにぎ》しい。汽笛の合間に、カモメの甲高い鳴き声が響く。西のずっと向こうには、大陸の突端が見える。林立する煙突や無骨な工場、倉庫、港へ向かう貨物船が落陽を受けて、黒く揺らめいている。

東から西へと視界が放たれて、空はぐんと広がる。頭を白く染めた波が、次々と立っては消えていく。運河は黒々と、あるいは深い緑へと、刻々と色を変える。ときおり鼻先を流れる、鈍い潮の匂い。古びた海。海藻がヌラヌラと揺らぎ、行き交う船の余波といっしょに岸壁に乗り上げている。

ジュデッカ運河沿いに延びる埠頭《ふとう》は広々として、見晴らしがいい。夕日は運河の上を滑り、埠頭に届くや、西から東へ差している。中心部の狭い路地を黙々と急ぐ足運びとは打って変わり、乳母車を押す親たちや犬連れの散策を楽しむ人たちの足並みはゆったりとしている。通りすがりに知人と会い、道の中ほどで立ち話をする人もいるくらいだ。

建物と建物の陰に潜《ひそ》む密やかなヴェネツィアとは異なる、あっけらかんとした情景がここにはある。ヴェネツィア・サンタ・ルチア駅前から大運河沿いに幻都があるのなら、ここはその日常が往来する港口だ。

水上バスに乗り込む。

サンタ・ルチア駅から本島の西南を外側から回ってくる路線で、船上はスーツケースの人が半分、スーパーの買い物袋の人が半分という具合だ。

乗り込むなり、甲板の隅にいた乗船客の抱く犬の頭を撫《な》でながら、

「明日から教会横の獣医さん、休診らしいわよ」

と声をかける中年女性がいれば、

「ジュデッカの郵便局の改装工事は、いつ頃終わるんだろうか」

挨拶もそこそこに、乗り込んできた年金仲間を摑まえて困り顔で尋ねる老人もいる。がやがやと五、六人の少年たちが、〈○×スイミングクラブ〉と記された揃いのスポーツバッグを抱えて船内へ入っていく。

「そこの人、リュックは担がず胸元で持ってくださいよ。ジュデッカ・パランカ、レデントーレ、サン・マルコ行き！　リド行きは、このあとの船です。さあ、行きましょうかぁ。ちょっと下がってください。アッテンツィオーネ！（気を付けて）」

水上バスの乗務船員は停留所に自分も降り立って、指差しを交え警笛のようによく通る声をかけながら、テキパキと人の波を誘導している。まず降ろし、そして乗せる。高齢者や幼子、不便のある人たちにもれなく手を貸す。車椅子や乳母車、買い物用のキャリーバッグに重いスーツケース、肩を差し出し、脇を支える。すると横から、率先して手伝う乗船客たちが必ずいる。手助けは当意即妙で、ごく自然だ。老人たちや子連れの人たち側も、助けてもらうのに慣れている。出過ぎず、遠慮せず。すべてがあうんの呼吸である。ミラノやローマの地下鉄やバスだと、どうだろう。他人から手を差し出されても躊躇《ちゅうちょ》し、あるいは厚意を疑い、隙を見せまい、と身構える人もいるだろう。

この町はやはり、今でも海の掟《おきて》で成り立っているのだ。陸を離れて同じ船に乗る瞬間から、皆、運命を共にする仲間となる。水上バスであっても、船は独立した国のようなものだ。船上の真の掟は、船長その人である。乗務船員は、それを乗客全員に知らせる伝令のようなものかもしれない。

乗務船員は乗降口の引き戸を閉めるとすぐ、杭《くい》から綱を解《ほど》いて船体側に巻き代える。繫船《けいせん》用の結びなので、綱は腕をひと振りするだけで難なく解ける。船長は操舵《そうだ》席のバックミラーの中で、乗務船員の綱捌《つなさば》きを見ている。繫いだ綱は、車でいえばサイドブレーキにあたるだろう。綱が解かれるや船長はエンジンをふかし、水上バスはグイと舳先《へさき》を上げて埠頭から離れた。

ジュデッカ運河を直進はせず、大きくUの字に旋回しながら対岸へ向かう。交錯する船舶の航路を妨げず、往路帰路の船舶と船体が平行になるように進むためだ。運河の中程へかかると、舳先の向きが大きく変わった。すると、本島や遠くに見える大陸、ジュデッカ島が船の周りをぐるりと舞う。ヴェネツィアの廻《まわ》り舞台だ。万華鏡のように次々と現れては流れていくヴェネツィアの断片に、甲板にいる観光客たちは歓声を上げている。

五分もしないうちに、ジュデッカ島に着いた。

停留所前に迎えに来ていた物件への案内人を見つけると、私は挨拶もそこそこに、家を借りることに決めた、と告げていた。

運河を渡って、戻って。船に乗るたびに、廻るヴェネツィアを観劇できるなんて。ジュデッカに住まずに、どこに暮らす。

〈ヴェネツィアの美しさは、お金には換算できませんから〉

ひと間の貸家の家主が言った言葉が、耳元に聞こえた。


「どうです」

案内人が次々に雨戸を開け放つと、窓ごとに対岸のヴェネツィアが現れた。残光を受けて、薄いサーモンピンク色に輝いている。眼下のジュデッカ運河は紺色に沈み、対岸の光景をいっそう際立たせている。窓枠を額縁にしたヴェネツィアが、一枚ずつ室内に静かに滑り込んでくる。口を突いて出るのは、吐息ばかり。息を吸い込むと、落日の情景と一体になれるような気がして陶然とする。

家は、こぢんまりとした三階建ての二階にあった。真四角の、これといった特徴のない建物で、たいした由緒も歴史もなさそうだった。入り口は一枚板の扉だけで、それも潮でかなり傷んでいる。扉の裾が黒ずんでいないところを見ると、冠水は家までは上がってこないのだろう。凡庸な外見からは、窓からの景色は想像が付かなかった。

案内してくれたのは人のよさそうな老人で、まるで自分の持ち家のように、窓を開けて得意げに景色を見せたあと、洗面所や寝室、洋服ダンス、台所の調理用具、物置の中の洗濯干しから折り畳みのはしごにいたるまで、もれなく披露した。家主はミラノの人、とトビアから聞いていた。老人は、案内やら管理を頼まれているらしかった。

「これだけの眺めは、なかなかありません。でも……」

老人は私と並んで窓際に立ち、外を眺めながらふと言い淀み、

「やはり、ヴェネツィアはヴェネツィアです」

と、きっぱり言った。

所詮ジュデッカ、と高みから言う彼は、ヴェネツィア本島西側にある大型船専用の港近くに住んでいる。先祖代々、そこで暮らしてきた。

「着いては、発《た》つ。迎えては、見送る。その繰り返しの中で育ちました」

引退した今、貸家の管理を任されている。案内して扉を開け、戸締まりして次の客の到来を待つ。老人の日常は、港だ。

壁に貼ってあるジュデッカ島の地図を見ながら食料品店や雑貨店の場所を訊き終えると、窓枠の中でヴェネツィアは灯《ともしび》を煌《きら》めかせていた。

並んで帰路に就く。運河が深く広いせいか、風が立ち高波が埠頭へ乗り上げて、すぐ足元まで流れ込んでくる。老人は慣れた足運びで、壁際を選《よ》って進む。運河側の私は、打ち上げてくる波を足の甲までもろに被りながら行く。本島の路地ではあれほど湿気が煩《わずら》わしかったのに、どれだけ足元が濡れてももう気にならない。ジュデッカ運河から、

島への上陸を祝して清められているように思う。古船の甲板で、波に足を洗われた日々を思い出す。

キャリーバッグを引き胸元にリュック、たすき掛けのショルダーバッグと右手に犬のリード、で引っ越しをした。

自分一人で運べるだけの持ち物で暮らす。

船上暮らし時代に覚えた。また、不要なものの筆頭は物ではなく、馴れ合いになった人間関係だというのもそのときに知った。

ヴェネツィアは、沈殿した歴史とそれを覆う水に浮かぶ船だ。船上では、各人に割り当てられた空間は限られている。身辺を飾り立てる余裕があるのならその分、外を眺めて過ごしたかった。ここは、朝も夜も、晴れても雨でも、どちらを向いても一枚の絵画だ。

最初の数日は目覚めてうれしく、窓の前に椅子を置き、見とれて一日を過ごした。毎日定刻に階下で建物の玄関扉が騒々しく閉まる音にはっとして我に返り、一日の始まりと終わりに気付くのだった。

建物には、私の家の他に階上に一軒があるだけである。朝夕の音の主は、同じ建物内唯一のご近所である。ヴェネツィア酔いが少し治まったある日曜日、三階を訪ねてみることにした。

近所の青果店で買い物をしがてら、三階の住人について尋ねると、

「うちの客じゃないからねえ。ときどき年取った男の人が出入りしているようだけどさ。玄関口に猫の砂が捨ててあったんだよね、ずいぶん前のことだけど」

よく見ていないから、と言いながら説明が続く。

「音楽を鳴らしてることもあるね。路地側に干してある洗濯物からすれば、独り者でしょ」

島に溶け込んでいないようだからあまり関わらないほうがいい、と女店主は切り上げた。

音楽と猫好きの老いた独り暮らしの男性、か。

気は心。埠頭並びのパン屋で焼き菓子を、スーパーマーケットでチューリップの束を買って、昼少し前に呼び鈴を押した。

待つ。もう一度鳴らす。しばらくして、「はい？」と怪訝《けげん》そうな声がした。ドアの覗き穴の前に立ち直し、二階に引っ越してきたので挨拶にきた、と告げた。
十四、五センチほどドアが開いて、ギョロリと目、ぱらりと髪。
「まだパジャマなんで」

日曜日に訪問する非礼を詫《わ》びて、ドアの隙間から焼き菓子とチューリップを掲げて見

せる。

いよいよドアが開いて、彼の全身が現れた。

ざんばら髪が額にかかっている。頬骨が出て、大きな目がいっそう目立つ。相手も突然の訪問者、しかも日本人を前にまごついているが、こちらも驚いてその人相と風体に目が釘付《くぎづ》けになっている。そしてパジャマは、幅七、八センチはあろうかという極太の白黒の縞《しま》模様なのだった。痩せた体が、縞模様の中で泳いでいる。ジュデッカ島には女子刑務所がある、と家の案内をしてくれた老人が言っていたのを思い出す。

私は〈わあ〉を飲み込み、ユヴェントスファンなのか、と挨拶の代わりに言ってみる。

笑わない。

「ブルーノです。散らかっているし、パジャマだし……。あっそうだ！」

思い出したように言うと、ちょっとお待ちください、と彼は家の奥へと走っていった。

うちと同じ間取りだが、本やレコード、写真や絵などで壁が埋まっている。奥の台所が少し見え、鍋やフライパンが吊《つ》るされている。

「これ、半分どうですか」

美しい菓子折りには、京都の名店の名前があった。言葉に詰まっている私に、

「日本人の先生についてピアノを習っていたんです。あなたなら、この価値がわかる」

帰国したそのピアノ教師から送られてきたのだと説明しながら、「でもやっぱりあれ

のほうがいいかな」と、独り言を言いながらまた奥へと走っていった。

戻ってきて差し出したのは、袋いっぱいのレモンとオレンジだった。

「僕はプーリアの出身で。実家に柑橘《かんきつ》類の農園があるので、手入れのためにときどき故《ふる》郷《さと》へ戻るのです。体に沁《し》み込んだ湿気抜きも兼ねてね」

小ぶりで不揃いだが袋を覗き込むと甘い香りがして、南イタリアの明るい日差しを浴びるような気がした。

飼い犬が吠える迷惑をあらかじめ詫びると、

「僕にも猫がいたのですけれどね……」

玄関脇に重ね置いてある未開封の砂袋に目を落とした。


翌日の夕方、うちの玄関ベルが鳴った。覗き窓を見なくても、訪問者は決まっている。そう思いながら勢いよくドアを開けると、見知らぬ男の人が立っていた。

革ジャンパーにコーデュロイのパンツ、スカーフ、サングラス、ハットすべて黒一色だ。仰天している私に、

「これ、ぜひ」

鼻先にずらしたサングラスの上に、ブルーノの大きな目があった。

券二枚。ベンジャミン・ブリテン。

「僕から買えば割引があるので」

直截《ちょくせつ》ぶりに少々たじろぐが、これも近所付き合いのひとつだ。

そうか、ブルーノは音楽家だったのか。

すっかり見違えた彼の風体に恐れ入り、畏《かしこ》まって金額を確かめると、

「一枚十ユーロ、割り引いて五ユーロです。歌を聴くというより、会場を鑑賞しに来てくださいよ」

会場はフラーリ教会と記してある。サン・マルコ寺院に次ぐ、あの荘厳な教会で歌うなんて。

コンサートに誘われて

初めて訪れると、迷路のような道を前にして町の全容が摑めずにたじろぐが、実のところヴェネツィアは小さな町だ。外周をざっとなら、一日あれば一巡できる。ところがいったん干潟の縁《へり》から内へと入ると、たちまちさまざまな時代のヴェネツィアが現れ、なかなか先へ進めなくなる。名だたる建築物はもちろんのこと、割れた敷石や剝がれ落ちた壁土にまでその寂れぶりに感じ入り、立ち止まっては見入る。どの断片からも物語が漏れ聞こえてくるようで、思わず聞き耳を立てる。

〈順々にもれなく道を伝い、ヴェネツィアをぜひ完歩してみよう〉

それはここに暮らす者の特権であり、また使命のように思った。

朝起きて、歩き、迷う。来た道を引き返すつもりが、脇道へ逸《そ》れてしまう。

迷い出すとそこからが、小さな旅の始まりだ。

さらに奥へと入り込み、高い壁に挟まれ、視界が狭まる。聞こえるのは、自分の焦る鼓動と不安げな足音だけだ。携帯電話の電波は届かない。地図を広げても、東西南北がわからない。いま立っている位置さえ不明だ。路地の名前を探して壁ばかり見ているうちに、ますます外れていく。やがて捨て鉢になり、当てずっぽうに角を曲がり、足の向くままに進む。道は次第に細くなり、袋小路に追い詰められたかと思うと、建物の裾に抜け穴が開いている。くぐり抜けると、井戸のある小さな中庭に出たりする。四面を建物に取り囲まれて途方に暮れ天を仰ぐと、歪《いびつ》な形に切り抜かれた冷え冷えした空がある。

引っ越しの挨拶に訪ねて知り合った、上階の住人ブルーノからコンサートに招待された。彼は趣味で合唱サークルに所属していて、本島にあるフラーリ教会を会場に発表会をするという。ヴェネツィアを代表する、十四世紀に建立された荘厳な建築物だ。「僕たちの歌はさておき、会場を見にくるだけでも意味があるから」と、ブルーノは誘った。サンタ・ルチア駅からリアルト橋やサン・マルコ広場へは、繰り返し通っているのでもう迷わずに行けるが、住み始めたばかりの離れ島ジュデッカから各地への道はまだ知らない。日が暮れて店にシャッターが下りると、がらりと様変わりしてしまい、通い慣れた地区でも道を見失う。迷ってコンサートを逃すようなことがあっては、せっかく始まったばかりの近所付き合いにケチが付く。黒ずくめの洒落た身繕いでチケットを渡しにきたブルーノの、ギョロリとした目を思い出す。

地図で確かめると、フラーリ教会への道は単純だった。サン・マルコ広場の鐘楼に次ぐ高さの塔があるのだ。目印にして行けば、迷いようがないだろう。
アカデミア橋の袂《たもと》を通り過ぎ ↓
書店の前を通り ↑
水路沿いに歩いて橋 ↓
広場を突き抜けて →
再び橋 ↑
曲がって →
曲がって ↺
大広場 ↻
ボール遊びの子供たちや待ち合わせの学生たちの間を抜けて →
橋 ↓
しばらくまっすぐ →
水路を渡ったら ↻
フラーリ教会の裏に出るはずだった。二十分もみておけば、十分だろう。
地図に印を入れ、暇潰しも兼ねて道をなぞりに出かけることにした。
対岸の大陸の際《きわ》にある町メストレに住み、ヴェネツィア本島へ通勤する人たちは多い。

〈自由の橋〉を渡った先だ。そういう人たちは、本島内の移動にはほとんど水上バスを使わない。観光客で混雑する道を避け、最短距離の道を行く。ちょっとした獣《けもの》道のようだ。アカデミア橋からフラーリ教会への一帯には、そうした各々が通い慣れた抜け道がある。

道沿いの店を冷やかしながら、歩く。仮装用の仮面やガラス細工、共和国の旗などを売る土産物店もあるものの、日常生活に直結したものを扱う店が目に付く。家電、ネジ釘、塗料、寝具、文房具、仕立て屋……。手打ち麺を売る店前の岸壁に、青果を山と積んで小船が係留してある。船首と船尾を軽々と行き来しながら、船主であり店主でもある男が呼び声をかけている。

「初物だよ！　ラグーナ（干潟）と潮風の味、昼にどうだい！」

プラスチック製のタライに、乳白色のカット野菜のようなものが浮かんでいる。原形は知れず、木枝かヘタ、根元の切り落としに見える。ヴェネツィアまで生鮮品を運んでくるのは、さぞかし手間のかかることだろう。多少の傷ものなら処分せずに、こうして売っているのかもしれない。始末のよいことだ、とつくづく感心して見ていると、

「アーティチョークのここだよ！」

店主は、自分の臀部《でんぶ》をバシリと叩《たた》いて私に見せた。

アーティチョークの〈尻〉こと萼《がく》の付け根は、緑色の表皮を剝《む》かれて白々とし、円盤

形に切り分けて面取りされている。切り口には、しっかりした繊維が見える。灰汁《あく》抜きのためにレモンの搾り汁と軽く塩をした水にプカプカと並んでいる様子は、どことなく滑稽で、そして少し侘しい。

「〈マンマ（母）〉を十個、お願いね！」

たくましい腕を上げて店主を呼び、中年女性が注文する。強い訛り。あいよ、と渡されたポリ袋には、アーティチョークの尻が詰まっている。

大きく育って花を付ける品種があり、萼も花芯も硬くなり過ぎるため食べられない。ところが唯一〈尻〉の部分は、表皮を剝けば滋味に富む食材だ。さまざまな料理の土台となる味を生むのにふさわしい。その包容力ぶりからか、あるいはどっしりと頼り甲斐《がい》のある外観からか、〈アーティチョークのマンマ〉の呼称で売られている。

「ざく切りにしてパセリ、ニンニクといっしょに炒《いた》める。派手ではないけれど、旨味《うまみ》たっぷりでねえ。さすがマンマ。これ食うと、ああヴェネツィア、という気がするもんよ」

ほんとほんと、郷土料理の肝心要、そのとおりよねえ、と岸壁側で主婦たちは頷いている。

灰色の空と深緑色の運河、黒ずんだ煉瓦《れんが》を背景に、野菜と果物が赤、黄、緑と鮮やかに浮かび上がり、店主と主婦たちのかけ合いが活《い》き活《い》きと響く。モノクロの絵画に、色と音が乗る。運河に堆積した泥の底から突然、精気が立ち上る。携帯電話や地図に顔を埋《うず》めている観光客は、ヴェネツィアの過去を追うのに気を取られて、目の前で町が蠢《うごめ》く瞬間を見逃している。

ガラン、コローン、ゴーン、カン、カラン……。

遠くで、近くで。高低交じった鐘の音が流れ始めた。

あら、もうそんな時間？　またね、孫を迎えに行かなくちゃ、ご主人によろしく……。

青果を前に世間話に忙しかった女たちは、買い物用のキャリーバッグを引いて水際から橋へ、路地へ、広場へと散っていった。それは水が運河から分岐した水路へ、水路からさらに奥の小水路へと分かれて流れていくようだった。

そして私は、結局、方向を見失った。侮ってはならない。ヴェネツィアはヴェネツィア、なのだった。四方八方に散らばっていくアーティチョークの尻を目で追い、各家庭で母親たちがどのようにマンマを調理するのか、どういう顔で家族は食べるのか想像しながら歩く。ときどき目を上げては、目印の鐘楼が目の先にあるのを確かめる。歩くうちに鐘楼は頭上へと迫り、着いた、と確信して角を曲がるや、高い壁に擦り寄られて自分の居場所がわからなくなった。戻ったつもりが、見覚えのない広場へ出る。鐘楼は頭上を越え、どこかに消えてしまった。

コンサートの始まる日暮れどきにはもう、あたりには道を尋ねる人もいなくなるだろう。下手に歩き回ってさらにヴェネツィアの深みにはまると、埒《らち》が明かない。いっそのこと近場で食事をして本でも読み、コンサートの時間まで待つのが無難だろう。

迷いついでだ。ひと筋ふた筋、足の向くままに道を折れ、適当な食堂を探した。たいていの観光客は見物に忙しく、昼間から腰を据えて食事を摂《と》る人は少ない。地元の人たちが昼食に立ち寄るには、もう遅すぎる。半分シャッターを下ろしている店もあれば、すでに〈休憩中〉の札を掛けた店もある。

間口の狭い入り口のすぐ脇にステンレス製の台が出してあり、かち割りの氷が山と盛ってある。突き刺してある派手な南洋ふうの造花はかつては原色だったのだろうが、すっかり色が褪《あ》せている。その茎元に小さな魚が数尾、エビがチョロリ、貝がヒラヒラ。〈入るべからず〉という警告が貼られたような入り口だったが、なぜか気にかかり、この怪しげな店に呼ばれて道に迷ったような気さえしてくるのだった。見えない手にグイと引かれるように、まだよろしいでしょうか、と中へ声をかけながらドアを押していた。

知らない海へ飛び込むようだった。

入ったそこは、南方の海底だった。入り口のドアを開けるとすぐにもう一枚のガラスドアがあり、店内は思いのほか広い。ざっと二十卓はあるだろうか。すべて小卓で、二人組すら少なく、ほとんどが独りで食べている。昼なのにとても暗い。表が曇天のせいだけではなかった。四、五個の窓には、色ガラスがはめ込んである。いや、色付きのセロファンが貼ってあるのかもしれない。テラテラとした安っぽい色合わせで花や鳥、太陽、海が描かれている。女の裸像も見える。女神ではないのが、妙に生々しい。背景に塗られた空は、やけに青い。天井には、小さな明かりが黄色く灯《とも》っている。その貧相さが、いっそううっとうしい。店内の隅には、プラスチック製のヤシの木が葉を天井まで繁らせている。

「〈本日のおすすめ〉になさいますか？」

メニューを渡してくれるものの、私が開くのを待たずにウェイターが口早に言う。アーティチョークのパスタかリゾットを、マンマで。

ウェイターは、おっ、というふうに目を見開いてこちらを向き、

「もちろんです。でもせっかくですので、〈本日のおすすめ〉とごいっしょに。近海ものですからね」

ジュデッカに住んでいるのでこれからもよろしく、と私はハッタリを利かすつもりでウェイターの有無を言わさぬ目を見返して言ったが、少し思案して結局〈おすすめ〉に応じることにした。

近海ものか。店頭の氷の山からこちらに泳いでくるのだから、たしかに近い。

ヴェネツィアで余る時間を持つ、というのは贅沢《ぜいたく》なことだ。時の止まった町に立ち止まると、ずぶずぶと沈んでいく錯覚に陥る。沈みきったところで、たかだか数十センチメートルの水深だ。足を取られたままじっとしていると、周囲で水や堆積した時がそろりと動く。

食堂での食事は、そういう印象だった。店内には、壁が吐き出す湿気と料理から立ち上る湯気、厨房《ちゆうぼう》からの炒めたり焼いたり茹《ゆ》でたりする匂いが入り混じり、溜まっている。生温《なまぬる》い空気。生き物の腹の中に入ったような感触だ。ピノキオが大きな魚に飲み込まれたとき、こういう気分だっただろうか。

隣卓では、作業着姿の男二人が無言でコーヒーを飲んでいる。卓上には透明の液体が入ったラベル無しのガラス瓶が置いてあり、二人は交互にコーヒーの上から注ぎ加えている。

間もなく私に運ばれてきたリゾットは、噛《か》む前からアルデンテなのが見てとれる。刻みパセリは直前に和《あ》えたのだろう、草いきれのように青い匂いが絶妙に湯気の中から立ち上ってくる。

壁際の老いた男は船員帽を被ったまま、イワシのマリネを肴《さかな》にワインを飲んでいる。運ばれてきたリゾットに、食事を終えたテーブルから声がかかる。

「イケるでしょ」

「俺も昨日食べた」

「明日、久しぶりに食おうかな」

ひと口頬張《ほおば》ると、溶けたチーズと芯のある米を包み込むようにアーティチョークのこくのある味が広がり、噛むほどに微《かす》かなえぐみが染み出す。甘いけれどほろ苦く、渋くて奥行きのある味に圧倒される。ついフォークが、グラスが進む。

船員帽の老人が、自分のカラフからワインを注いでくれる。向かいの大陸側で採れた酸味の効いた赤が、アーティチョークの灰汁を包み込む。

酸いも甘いも噛み分けて、か。

海底でヒレだけを動かし潜伏しているような客たちは、互いに顔見知りの常連らしかった。年齢はまちまちだったが全員が男性で、皆、水上運搬業者である。人や生鮮食品、貨物に建築資材、郵便、と運搬するものは違っても、一様に船乗りたちだ。酒なのか、潮なのか。どの人も、耳たぶの裏側まで油が染み込んだように灼《や》けている。首筋の幾重もの皺《しわ》は、黒い紐《ひも》が巻きついているように見える。薄暗い店内に、男たちの目と歯だけが光る。

「あんた、ジュデッカだって？」

奥の席を立ちこちらに近づいてきたのは、五十過ぎと三十前後くらいの二人だ。

「本島の西の端で貨物の積み下ろしが終わると、たいていここかジュデッカの店にいるから」

分厚い肩を揺らして船員二人は言ってから、かつて日本への航路上で遭ったひどい嵐や寄った港での体験談を延々と披露した。それは、海から海へと生きてきた男たち流の自己紹介でもあり、自慢でもあった。カウンターでコーヒーを飲んでいた若者が、うらやましそうに二人の話を聞いている。

「家筋がいいんだから、だいじょうぶだろ。じきにお前も遠洋船に乗れるさ」

老いた男が、励ますように声をかけている。

若者の父親は水上タクシーの運転手らしい。権利を継げばいいものを、同じ船乗りになるのなら大型船に乗るのが幼い頃からの夢だったという。

「俺はね、もっぱらアフリカとトルコ航路だったのだけれどね……」

それまで黙って新聞を読んでいた男が口を開く。

「なら、ロシアは知らないんだろうな」

と、カウンターに寄り掛かる別の男が自分の話へと継いでいく。

各々の男に、それぞれの海があった。

あちらにも、こちらにも。大波小波。舟は揺れ、船が行く。

奢《おご》られた赤ワインの、粗い舌触りに酔ったのか。

路地に迷うなど、取るに足らないことだった。飛び込んだ食堂に広がる南方の海で、私は波に拐《さら》われる寸前である。

近海ものは次回の楽しみに、とウェイターに詫びて這々《ほうほう》の体《てい》で店を後にした。水上に出て息継ぎしなければ、新しい海での出会いに気を失いそうだった。

「そこですけれど」

店を出てすぐに道を尋ねた中年女性は、不思議そうな顔で真向かいを指差した。

見失ったはずのフラーリ教会は、食堂前の壁を隔てて目の前にあった。あれほど見回しても、たしかにどこにもなかったのに。

ぞわり。

首筋に濡れ布が掠《かす》ったような感触が走る。

あまりに教会が堂々としているので、相当に大きいはずの広場が絵画を縁取る余白のようにしか見えない。正面前を流れる水路に小ぶりの太鼓橋が架かっているが、その素朴な佇《たたず》まいと小さな曲線が教会をいっそう重々しく見せている。

奥行きは百メートルを超す。長い側面の出入り口に、受付が設《しつら》えてある。ブリテンの顔が印刷されたペラのプログラムと缶を小机に並べ載せ、けっこうな年格好の女性が座っている。あちこちが凹《へこ》んだ使い古しの缶の中には、小銭がパラパラと散らばっていて、荘厳な教会といかにもちぐはぐだ。趣味の仲間うちの発表会であるのが見てとれる。それまで教会の雰囲気に気圧《けお》されて中に入るのに二の足を踏んでいたが、空き缶に気が楽になった。

三々五々やってくる人たちは、合唱団員の家族や友人たちなのだろう。普段着をワンランク華やかにした程度の、くつろいだ格好だ。ただどの人も、心地よい気候なのになかなり着膨れしている。羽毛ジャケットや冬物のロングコート姿や、ウールのショールを提げている人もいる。昼前に家を出たままの私は、綿の上下に薄地のセーターの軽装である。

「入ったらすぐのところで、毛布を貸し出ししていますので」

空き缶の老婦人は鼻眼鏡で私を一瞥《いちべつ》し、そう勧めた。

「一枚では足りないかもしれませんわ。二枚お持ちになって、お席へどうぞ」

一歩入ると、冷気が全身を包んだ。天井は高く、目線を上げるだけでは見渡せない。縦横に何本もの梁《はり》が延びている。上方にはガラス張りの円窓があるのに、外光は下まで届かない。

ぞわり。

席に着こうとしたとき、再びうなじのあたりを濡れ布が掠っていった。

不思議な造りだった。一見バジリカ型のようだったが、普通は祭壇のすぐ背後かその周囲にある内陣が身廊の先頭のほうにある。合唱団員たちは、客席に接近したところで整列している。袖廊の上方にはロフトのようになった上階が両手を広げたように延び、十数名ずつが左右に並び、内陣の前に立つ指揮者を見ている。観客席は、合唱団と向かい合わせに並べてある。祭壇の後ろ側にも客席が用意してある。

ピアノの鍵盤が一音を鳴らすと追ってムーという鼻奥の声が集まり、パートそれぞれの音合わせが始まった。すぐそばでメゾソプラノがホーッと声を上げたので思わず振り向くと、観客しかいない。上階の声が高い天井、周囲の壁やレリーフへ跳ね返り、そちこちに雨垂れのように響き落ちてくるのだった。

オオオウ……。バリトン。

トゥー……。テノール。

ここかと思うとあちらから、細い声、低い喉奥の音、金属のような鋭い声が降ってくる。両手を耳の後ろに広げ、音を集める。

「ここだとうまく拾えないでしょうねえ」

隣の席の老婦人が、肩を竦めている。

いよいよコンサートの開始となり、団員や指揮者を迎えるのに素手で拍手したのは、私一人だった。拍手も歓声も綿で包んだように、ぼうっと遠くに聞こえる。さきほどの老婦人は、目深に毛糸の帽子を被った上からさらに大判のウールのショールで覆い、毛皮の肩掛けに、教会入り口で配られた毛布で足元から首まで包んでいる。拍手の音が響かないのは、毛布の下で手を叩いているからだった。

観客の足元に目をやると、夏靴は私だけである。厚底の短ブーツや膝上のブーツが並ぶ。座って開いたコートの打ち合わせから、ツイードのウールパンツやジャカード織りのスカートが覗いている。

『戦争レクイエム』は沁み入るように哀しく、澄み切って凛《りん》とし、私には難解だった。恐ろしいのか、怒っているのか、虚《むな》しいのか、こみ上げる切望か。冷めた諦観のあとに、強い執心が現れる。流れに乗れず、置き去りにされる。

これまでに遭った、いくつかの永久の別れを思い起こしてみる。首筋を掠っていった濡れ布が、ぞわりぞわりと背から足、足からまた脇腹へと回り、始まってから二十分も経たないうちに、退屈と寒さで全身が硬直してしまった。

周りを見回すと、観客たちは毛布を体に巻き付けてじっと目を閉じている。

天井は高く側面の壁は遠いので、灯《あか》りが照らし出す範囲は限られている。薄暗い中に、燃えるような赤が浮き上がる。聖母被昇天を描いた祭壇画だ。ティツィアーノ・ヴェチェッリオ。巨大な建物の正面の壁を覆うその絵画を描いていたとき、画家は何に思いを馳《は》せていたのだろう。死して再び魂を得て、昇天していく先の神を陶然と見上げる聖母。聖母を見つめ敬う人々、びっしりと取り巻く天使たち。

レクイエム、「安息を」。

絵画と、歌声と、暗がりの強烈な赤と、天窓から差し込む薄い光が、教会を満たしていく。

ぞわり。掠る気配に斜め後ろを振り向くと、大理石でできた美しい均衡の三角形が見えた。正面には、四角く開いた入り口が見える。『カノーヴァの墓』と上部に記されている。霊廟《れいびょう》前でうなだれる、羽を生やしたライオン。ヴェネツィアの象徴。石段に身を投げ出すように待機する天使。ヴェールを被って頭《こうべ》を垂れ壺《つぼ》を抱いて墓へ向かう聖母。あとに続く女たち。

十八世紀半ばにヴェネト州で生まれたカノーヴァは、その簡素な作風で新古典主義を代表する彫刻家である。彼は、この自分のための墓を生存中に創り上げた。尊敬するティツィアーノの祭壇画が飾られたフラーリ教会に葬られるのが、天才彫刻家の念願だったからだ。

死して、カノーヴァは安息を得られたのだろうか。

ブリテンが響く。

それにしても私の隣人ブルーノは、たいしたものだ。深遠な音楽を解釈して、これほどの舞台で披露するなんて。

ゾクゾクする背中のまま路地に出ると、往路に迷ったのが嘘《うそ》のように、すっかり日が落ちて人も通らない路地を右に左に進む足に連れられて、帰宅した。

「高熱を出してしまってね」

翌朝、礼に上階を訪ねると、首にスカーフを巻いて白黒縞模様のパジャマ姿で、ブルーノは招待しておきながらの病欠を詫びた。熱に潤む目を細めて、

「いるんだよ、あそこには」

両腕を寒そうに胸元に寄せ、低い声で言った。

濡れ布の感触が首元に戻る。

「あの墓には、心臓しか祀《まつ》られていないんだぜ」

カノーヴァの魂はフラーリ教会に、数々の名作を生んだ右手はヴェネツィア派の拠点となったアカデミア美術館に分けて葬られたのだという。切り分けて。

「残り？　誰もよく知らないんだな、それが」

次々と重なる高低の異なる歌声が、耳元に蘇《よみがえ》る。

死して安息、か。

異なる時代の無数の死せる魂が、フラーリ教会には積もって層となっている。霊気と毛布。

カノーヴァの闇への入り口と、嬉々《きき》と燃え上がるティツィアーノの炎。死んで残り、生きて昇華する。

ヴェネツィアのほんの入り口に立った気持ちで、隣人に招待への礼と見舞いを述べて別れた。

セレニッシマ　穏やかな、そして穏やかな

本島の西端にある食堂で、セレーナとコーヒーを飲んでいる。雨足が次第に激しくなり風も出てきたので、ひとまず通りがかりの店に飛び込んだのだった。

秋も半ばを過ぎて、町は空《す》いている。連日の冠水騒ぎで、例年に比べて客足が引くのが早いようだ。冬にはまだ間があるというのに、早々とシャッターを下ろしている土産物店や食堂も目に付く。

今日は午後一番に、この地区で用件があった。早朝から降り出した雨は煩わしかったが、これを言い訳に、サン・マルコ広場を挟んで正反対にある地区まで行かずに済む、と内心ほっとしていた。そこに住むセレーナに誘われていた。用件を済ませたらそのまま帰宅するから、と朝のうちに彼女に断りの電話を入れると、

「だいじょうぶ。私がそちらまで行ってあげる」

張り切った調子で返されて電話は切れた。嘆息。昨日の夕食もおとといの昼も、いやこの二週間というもの連日、彼女といっしょだった。

雨はいっこうに止む気配がない。二杯目のコーヒーを飲み終えると、向き合って座るセレーナと話すことがもう見つからない……。

セレーナとは偶然が重なって、知り合った。

ヴェネツィアでは、奇数年に現代美術の国際展覧会〈ビエンナーレ〉が開催される。私がヴェネツィアに暮らし始めたのは、ちょうど開催年だった。

一八九五年から連綿と続いている。会期は、春から秋までの半年間に及ぶ。本島東端にある広大な元造船所と市営公園を本会場とし、そのほか美術館や離れた干潟にも特設会場が設けられ、九十近い国から最新の作品が集まる、現代美術の潮流を決める重要な催しだ。映画祭やカーニバルと並ぶ、由緒ある文化催事である。

彫刻家であるミラノの友人は、欠かさずビエンナーレを訪れてもう長い。学生の頃から通った数だけ「次こそ自分も」と夢を持ち続けてきて、気が付くと七十歳を迎えようとしている。作品を売って生計を立てるのをプロというのなら、友人はずっとアマチュアのままだ。それでも相変わらず、休暇を取っては仲間と共同で家を借り、ビエンナーレをじっくり鑑賞している。専門記者や評論家とバールで隣りどうしになる機会があるかもしれない、と自分の作品ファイルをリュックに入れ、いつでも見せられるように準備して出かける。

会場は広い。丹念に観ようとすれば、泊まりがけか何度か通うことになる。そもそもヴェネツィアの宿は高額だ。ビエンナーレが始まると、便乗してさらに二倍三倍に跳ね上がる。会期中の来場者は五十万人を超えるので、宿側は強気だ。

友人はヴェネツィア通いを重ねるうちに現地の知り合いも増え、そのうち破格で家を貸してくれる人と出会った。その家は、本会場の北側に位置している。古い建物の中にあり水上バスの停留所からも離れているため、民宿として一般観光客に貸すには不向きである。ずいぶん前に家主自身は大陸側に引っ越していて、貸し出しの手続きやふだんの管理もままならない。家は一階なので湿気が強く、ときどき風を通さなければますます傷む。思案の挙句、通年で知人に廉価で貸して、その代わりに電球取り替えやペンキ塗りといったメンテナンスを肩代わりしてもらうことにした。貸すほうも借りるほうも両得で、喜んでいる。

自分の家なのに、自分だけのものではない。何人かで一軒の家を共同購入したり借りたりして、時期を調整しながら交替で使っている人たちは多い。住人はいるのに、生活の実体はない。長い航海から陸へ戻り、また遠洋へ出ていく船乗りの家のようだ。

うまく調整しても、家の空く期間ができる。家主は、わずかな間も遊ばせたくない。「信用できる相手なら、又貸しもＯＫ」。家主は黙認し、店子は知人たちに又貸しする。

ヴェネツィアでの貸し借りには、どことなくシャイロックの匂いがする。借金を返せ。

返せなければ、身体から肉を切り取るぞ。よかろう、ただし一滴の血も流すことなく肉を切ってみるんだな……。

公にならない、密かな貸借がある。そういう一軒に彫刻家は出会ったのだった。まさに、〈日の当たらない家〉である。

私がヴェネツィアに引っ越すと聞いた彫刻家は、「役に立つこともあるだろう」と、連絡先をいくつか教えてくれた。生粋のヴェネツィア人たちばかり。そのうちの一人が、セレーナだった。

暮らし始めてまもなく、ビエンナーレが始まった。

宿や帰りの電車の時刻を気にせずに迷うだけ迷い、気が向いたら美術展へ寄る、という毎日を送った。町じゅうが新奇な創意で満ちていた。時間が経つにつれ刻々と変容していく作品もあり、連日通っても鑑賞し尽くすということはなかった。ただ散歩をしているだけで、そこらじゅうで揮発していく美術のエネルギーが体内へ沁み入った。

ビエンナーレとともに、町はどことなく浮き足立っていた。心なしか、町を行く人や運河を走る船の速度に勢いが加わり、ざわめきが高まるようだった。

〈底知れない大きなものが、外からやってくる〉

その高揚感は、外国からの豪華客船が、ジュデッカ運河を抜けて本島の西側へ入港するのを目にして驚くのとよく似ていた。

急に増えた訪問者たちは、ふだん地元の人しか通らないような裏道までも埋め尽くした。路地に不案内の人たちは、船で行く。水上バスは一度ではとても客を捌ききれないまま、停留所を出ていく。乗務船員は取り付く島もない。「ここまで」と、あっという間に係留ロープを解いて、船は出ていってしまう。積み残された人たちは、なす術《すべ》もなく岸壁に突っ立っている。

〈水上バスに乗らないことには、ヴェネツィアへ来た意味がない〉

誰もがそういう顔付きをして、辛抱強く次の船を待っている。停留所前の黒山の人だかりを見て水路を諦め、少々不安げに路地に向かって歩き始める人もいる。

美術業界の人たちは、それぞれに個性的な格好をしている。装いは十人十様だが、印象は一様だ。どことなく澄ましていて、外国語を取り混ぜた小難しい感想を交わしながら歩いている。業界関係者に配られるビエンナーレのロゴマーク入りノベルティバッグを提げ、話題のスポーツシューズを履いているので、人混みの中でもひと目でそれとわかる。開催年ごとに来ているのだ。業界人たちはヴェネツィア慣れしていて、もうサン・マルコ広場やリアルト橋では立ち止まらない。主要会場近くに宿を取り、地区内で人と会い、昼食は会場内で済ませ、残りの時間は作品を観て回る。

ふだんなら、「あそこにはパスポートが必要」と、地元の人からさえからかわれるほど場末感の強い地区が、ビエンナーレ開幕とともに世界の眼識が集まるところへと化す。黒カビに覆われた煉瓦造りの旧倉庫群が、息を吹き返したように渋い赤色を放つ。公園の樹齢の長い木々は、待ってました、と言わんばかりに高々と枝を伸ばして空を隠す。

角々に中世からの歴史の断片が残り、堆積した時の重みで景色は歪《ゆが》んでいる。そこへ現代美術が現れる。活気を退廃が出迎え、新風の香りを澱んだ臭いが覆う。

最初のうちは新旧が挑み合うような町の雰囲気に感嘆していたが、見惚《みほ》れていると足を取られぬかるみから抜けられなくなるかもしれない、と恐ろしくなった。高尚で刺激的な非日常より、凡庸で何も起こらない毎日が恋しくなった。

美術を避けて歩く。

探せばヴェネツィアにも、路地と運河に隠れるようにして新しい大型スーパーマーケットがいくつもあった。難しい美術やガラス製の小物、カーニバルの仮面に見飽きたところに、台所用のスポンジやストッキングの徳用パックを目にしてほっとした。商品棚から、界隈《かいわい》の普通の生活が窺《うかが》い知れる。地産の野菜や果物があるのを知って、遠くに浮かぶ干潟の緑の意味がわかり、淡いオレンジ色の小エビが近海ものと聞いて、浅瀬の海を近くに感じた。

ヴェネツィアでの毎日が私にとってようやく日常となった頃、地元の人たちの暮らしぶりを知りたくて、セレーナに電話をかけてみた。

露天商や観光客たちでごった返すサン・マルコ広場を後にして、二つ三つ橋を越えると、リド島が前方の水平線上に見えてくる。ビエンナーレ主要会場前の長い橋を渡ると、ヴェネツィアには珍しい、まっすぐで幅広の通りに出る。

「チャオ！」

歯切れよく、声をかけられた。黒地にオレンジや緑、黄色の模様が入ったジャケットにつり目形のサングラスをかけた女性が、〈私よ〉というふうに手を振っている。待ち合わせは公園入り口にある喫茶店で、先に着いて屋外の席を取っておいてくれたらしい。セレーナは椅子の背に上体を預け、気持ちよさそうに真正面から日を浴びている。

「この地区に来ればいいのに！」

互いに自己紹介を終えるとすぐ、彼女は引っ越しを勧めた。

公園の緑は深い。薄靄《うすもや》のかかった空と、緑色と灰色を混ぜたような色の運河が、そこからはひと目で見渡せる。

「ビエンナーレが終わると、住人しかいないざっくばらんなところよ」

満足そうに界隈の紹介をした。

ノベルティバッグを肩から掛けた人たちの他に、幼子の手を引く母親やジョギングをする若い男、日陰のベンチに座っている老夫婦、犬連れの中年女性などが思い思いに時間を過ごしている。ヴェネツィアに引っ越してきてから初めて目にする、ありきたりの光景だった。

さきほど抜けてきた通りには街路樹が一本もなく、商店街にはアーケードも軒先の庇《ひさし》も見かけなかった。夏場、この木陰はさぞ居心地がよいだろう。ときおり海峡から風が抜けていく。

ずいぶん長い時間、日光浴を楽しみながら、セレーナと私は雑談にふけった。女性が使うヴェネツィア訛りは柔らかく、ときどき大仰や直截な言い方になっても気に障らなかった。セレーナは店の前を通る人があると雑談を中断し、呼び止めてはひと言ふた言軽口を叩き、あるいは近況を聞き、体調不良を心配し、高らかな笑い声を立てたり、声を潜めたりした。

私は彼女が挨拶をし終えるのを待ちながら、一人芝居のような情景に見入った。セレーナのおしゃべりの先に、地元の生活が連なっている。彼女は満面の笑みを絶やさずに接し、その人の連れ合いか子供か親らしき名前を口にして、よろしく、と見送った。そつがなくいかにも善人風だったが、セレーナがどの人にも同じように愛想よくすればするほど、結局その誰ともさほど親しくはないのだろう、という印象を受けた。

人通りが絶えると、セレーナはたちまち所在無げな表情になった。彼女がその喫茶店を選んだのは、日光浴ができる、という理由だけではなかった。新参の東洋人である私と、平日の午後に地区の特等席で歓談する。その様子を通りかかる近所の人たちに見せたかったのだろう。

声をかけられた人たちは一応セレーナと私を交互に見るけれど、取り立てて私に何か尋ねることはない。よくあることであり、どうでもよいことなのだ。海の向こうからさまざまなものが流れ着いては、また流されていく。いちいち取り合っていてはきりがない。

セレーナは呼び止めた人が立ち去るのを見届けると、自分とのこれまでの関係を詳しく説明した。

中学時代のボーイフレンド。

賭けに溺《おぼ》れて家庭を崩壊させた、隣家の夫。

大陸側に引っ越していった息子がいる老いた女性。

「通りのバールの店主なんだけど、スペイン女性と同棲《どうせい》を始めてね」

叔母の友だち。とてもケチ。

幼馴《おさなな》染《じ》みのゴンドラ乗りと外国人妻。

何人も呼び止め、その人数分のセレーナとの間柄を聞いたけれど、やはり現在も繋がる付き合いはひとつとしてないのだった。彼女の知り合いの一覧は、彼女が失った人間関係の履歴のようでもあった。

喋《しゃべ》っているうちにビエンナーレの閉館時間となり、公園や大通りの向こうから疲れた足取りで人々が歩いてきた。くたびれてはいるものの、どの人も芸術を堪能し、高貴な顔をしている。

さて、と締め括《くく》るようにセレーナは呟き、立ち上がった。膝頭までの黒いレギンスを穿《は》いた彼女は、やにわにコートの前をはだけて足を高々と上げて見せ、

「どう思う？」

と、尋ねた。

立つと猫背で、四十過ぎと聞いたがずいぶんと老けて見える。日暮れのなか、ヘナで染めた髪が顔を黒く枠取り、頬や目尻の弛《たる》みを際立たせている。それなのに上げた足は、膝の周りやふくらはぎ、足首にわずかな贅肉《ぜいにく》もない。

陸上競技の選手のよう、と私が感心すると彼女は大げさに喜んだ。

「以前は、もっと引き締まっていたの」

居酒屋へ場所を移そう、今晩駄目なら明日の昼食はどうか、とセレーナは誘ったが、もう食傷気味だった。通りかかる人との経緯《けいい》や噂話《うわさばなし》を差し引くと、彼女の話は取るに足らないものばかりだったからだ。

ダライ・ラマの笑顔が好き。花なら、忘れな草。夕焼けで頬が染まる。子犬は日向《ひなた》の匂い……。

使い古しの〈小さな幸せ風〉が鼻に付いた。自らは開襟せず、絵に描いたような平凡

を演じる。それは、間断なく寄せては引く町で暮らすための自衛策なのかもしれない。

水に囲まれ自由のようでありながら、ヴェネツィアは閉ざされた小さな町だ。どれほど道が入り組んでいても、歩けば知り合いと会う。行く先知れずに、水がどこにでも流れ込んでいくように。公園で会って以来セレーナとは付かず離れずだったが、期せずしてあちこちで出会った。そのたびに、近くのバーカロ（居酒屋）に寄っては話を聞いた。彼女は必ず、店の外の席を選んだ。外はたいてい、立ち席と決まっている。話が長引くと酔いも回り、立ち疲れてくる。

「通る人が見えないじゃない」

そう言って彼女は、店内に座るのを嫌がった。外に立ち、喋りながらも目を遠くに泳がせる。通行人を見ているのだ。肌寒い日も、コートの丈は膝上である。まっすぐに伸びた筋肉質の足を交差させ、セレーナは顔見知りを呼び止めては話した。

寄せて、引いて。

陸に上がった船乗りたちから旅先の話を聞き、お返しに彼らの不在中に起きたことを教える。それは港町の、密かなやりとりだった。

気付くと、私まで波止場で船を待ちわびるような気持ちになっていた。

昔、彼女はビエンナーレで働いていた。ミラノの彫刻家が彼女と知り合ったのも、ビエンナーレでだった。

ある年、彫刻家は巨大な鉄の塊の作品を熱心に観ていた。作品もさることながら、その照明に感嘆したからだ。

〈自分の作るものも、このような空間で巧みに光を当てれば、きっと芸術らしく見えるだろうに〉

鉄の塊の前で立ち尽くしていると、セレーナが近づいてきて、

「何か？」

と、声をかけた。彼女は会場の照明担当だった。

全床面が五万平米もある会場すべての照明を担当していたのは、当時わずか四名だった。総合キュレーターの指示のもとに、作品が搬入され設置されれば展示会の準備は完了、と思う人は多いだろう。しかし作品が内に秘めた真髄を表すことができるかどうかは、照明次第である。造船所跡には、曇りガラスの天窓や、地面すれすれに開いた格子窓、扉があるだけで採光窓のない倉庫など、さまざまな空間が数キロメートルにわたって並んでいる。

倉庫という廃墟《はいきょ》を現在に蘇らせるのが作品なら、作品に血流を送るのが照明だ。虚無を光で満たす。闇を照らす。影を添える。

照明担当者たちは、オープニングまでの数ヶ月を造船所跡で暮らした。朝から晩まで、数キロメートルを行ったり来たり。往路は手ぶらで、復路は電線ドラムをローラーで引きながら戻る。足は引き締まり全身から贅肉は消えたが、セレーナはビエンナーレを三回終えて辞めた。

猫背に見えたのは、重労働で肩と背骨が変形してしまったからだった。

「今でもその辺に転がっている石や木の塊を見ると、どう照明を当ててやろうか、と考えるのよ」

がらんどうの倉庫跡に、無数の鏡の破片や溶けて流れたまま固まった鑞《ろう》、段ボールの切れ端、押し潰されたペットボトルが運ばれてくる。粗大ゴミと見紛《みまが》うような塊に、あちらから一筋、そこに一点と照明を重ねていくと、塊は少しずつ話し始める。

「平凡でつまらなく見える物ほど、思いがけず奥深かったりするものよ」

以来、人を見ても、

〈照明の当て方次第では、きっと〉

とあれこれ想像したり、

〈スポットライトを駆使してみたところで、所詮この人は上っ面だけね〉

派手な服装や自慢話を聞きながらそう考えたりするようになった、と笑った。

ミラノの彫刻家も、セレーナは照らしてみたのだろうか。

陰の借家で独り、ペンキ塗りや建て付けの修理をする彫刻家を想像する。ヴェネツィアに通ううちに若さと未来は雲散霧消してしまい、老体と角が擦り切れた作品ファイルが薄暗い室内に沈んでいる。それでも彼が通い続けるのは、ビエンナーレの新作ではなく抜け殻になった自分に会うためではないのか。ここにはそれでも、照明を当ててみようか、という人がいる。

そして、照らし出されるのが展示会場でなくとも、ヴェネツィアはヴェネツィアなのだ。

雨の昼下がり、空のカップを前にしてセレーナは、数日前にも聞いた話を繰り返してはひとり笑いしている。

正午の太陽は明るく、影を作らない。街路樹のない、あの通りを歩くようなものだ。通りがいくら賑わっていても、照りつける陽を人はそのうち持て余すようになる。光源は人の目を眩《くら》ませ、自分の姿を見せない。

日が暮れて声をかける相手がいなくなったときの、セレーナの当惑した顔を改めて思い出す。

薄暮に沈んでいく町影と重なる。ヴェネツィアには、たくさんの影が潜んでいる。

陸に上がった船乗り

ヴェネツィアへは、犬連れで引っ越しをした。

水路と路地と観光客ばかりのようで、実はあちこちに公園や庭がある。海の浅瀬を埋め立てて造られたこの町で、代々変わらない贅沢は地面である。広い空間があるのは、教会前か干潟の端だ。本島の東端にはビエンナーレの会場として使われる大きな市営公園があるし、西側には建築大学を取り囲む緑や並木道があり、サンタ・ルチア駅の斜向《はすむ》かいにも木々の繁る公園がある。土と仲間の匂いを嗅《か》ぎ付けた犬に引かれるまま行く先も知らずに歩き、突然、目の前に木々が現れて公園の在《あ》り処《か》を知る。路地をどこでどう曲がってそこまで来たのか、さっぱり覚えていない。それでも、犬はたじろがずに右左と進むので、迷うことなく帰宅もできるのだった。

地図で確かめてみると、路地は地図通りではないようだった。知らず脇道へと逸れてしまい、犬が懸命に引っ張る先を追うと、また別の公園に出たりした。

アントニオとは、そういう公園で知り合った。

水上バスでジュデッカ島からひと駅乗って本島へ渡ると、市営公園に着く。公園を通り抜けた先も建て込むことはなく、本島東端まで手入れのされた松やポプラの木々が連なる。木の影が濃く、潮風が静かに木の間を抜けていく。サン・マルコ広場もこの林も、同じヴェネツィアなのだ。ハレとケは隣り合わせて、しかし混じり合うことはない。

土曜日の昼前。岸壁沿いに長く延びる遊歩道に、ベンチが点在している。歩き疲れてちょっと腰をかけると、目の先遠くに見えるのがヴェネツィア、か。得も言われぬひと休みだ。

視界を遮るのは靄、あるいは水面の照り返しだけである。行き交う水上バスのエンジン音が、風向きによって流れてくる。現実から遊離したもう一人の自分が、高みから眺めているような錯覚を覚える。

「日本の方でしょうか」

リードを解かれ喜んで走り回る犬をベンチに座ったまま目で追っていると、突然声をかけられた。

千鳥格子の鳥打ち帽から、三分ほどに刈り込んだ頭が見えている。ほとんど白髪だが、声色も口調もハキハキとしていて年齢の見当が付かない。使い込んだ分厚い皮革の手袋で、ワンタッチで長さの調節ができるリードを引いている。

「私はスペイン。二十年余りになるけれど、イタリアはどうもねえ……」

ひねり出すように、粗削りの言葉を並べる。長年イタリアに住んでいるわりには単語の収まりが悪く、ひどくぶっきらぼうに聞こえる。しかしヴェネツィアで会う異国の人たちは、イタリア語を話すとたいていぎくしゃくした調子で乱暴に聞こえるのだ。スペイン語はイタリア語と似ているので、この人も耳仕込みなのかもしれない。

松林には他に人も犬もいない。犬を自由にしてやったら、と私が勧めると、

「ずっと繫がれて飼われてきたので、放したらどこかへ行ってしまう」

肩を竦め、

「逃げたら、奥様が怒る。私は困る」

犬の頭を愛《いと》おしそうに両手で包み込みながら、まるで〈奥様〉がすぐ近くにいるかのように用心深い顔付きになってあちこちを見回し、

「私は執事なのですから」

〈執事〉のところだけ「バトラー」と、背筋を伸ばして英語で言った。

昼前の公園で犬連れのアントニオに会うのは、週末だけだった。それも飛ぶことがしばしばあった。しばらくぶり、と声をかけると、

「私だけの生活ではないのでね」

小鼻に皺を寄せ、もったいぶったように返事をするのだった。

〈奥様〉は、ミラノの人だという。ヴェネツィアにも家を持ち、ときどき週末を過ごしにやってくる。執事というからには、ほかにも運転手や料理人、庭師、家事手伝い、子供や孫の教育係など、使用人がいるのかもしれない。それにしても執事が直々に犬を世話するなんて、相当に大切な飼い犬なのだろう。そして、それほどの家の犬が雑種というのも、また珍しい。

アントニオは、南スペインのアンダルシアで生まれた。中学校を卒業してまもなく、港町で働き始めた。航海学校には行かず免許は持っていなかったけれど、どんな優等生より海を知っていた。漁師の父を持ち、物心付いてからというもの、家より船で過ごしてきた時間のほうが長かった。荷を積んでは、下ろし。飲んでは、買い。飲み潰したときは、港が家だった。頑健な体に荒くれの根性が備わったとき、貨物船から声がかかった。

「契約や保険なんて、知らなかったね」

着の身着のままで、出航。遠洋を渡り、異国から異国へ回る。航海が長ければ長いほど、よかった。できるなら、ずっと海の上にいたかった。陸に上がると、足元が揺らがないのがかえって不安だった。

「血にも地にも縁がないもんで」

マラガだったか。あるいはバルセロナか。積み荷といっしょに港に下ろされ、次の乗船までの暇潰しに、富裕者たちのヨットの手入れを手伝ったり、釣った魚を港の食堂に売ったりして過ごした。ミラノの〈奥様〉とは、そのときに知り合ったらしい。

「家まで送ってもらえるかしら」

いくつもの夏が過ぎ、アントニオが秋からも船に乗り続けるかどうか、躊躇し始める年齢に差しかかっていたとき、ミラノのその婦人から頼まれた。アントニオは、彼女の船で家まで送っていった。ヴェネツィアの家へ。以来、船乗りは陸に上がって暮らしている。


婦人は生地メーカーの創業者の一人娘で、図抜けた度胸と知性を備え、父親の後を継いで事業をさらに拡張させていた。当時から働く女性が多かったミラノでも、経営者にまでなる人は稀《まれ》だった。世間の目に負けまい、と懸命だったのだろう。休むことなく世界各地を飛び回り商談をまとめ、時間も心も仕事に捧《ささ》げて、気付くと四十歳を過ぎていた。女学校時代の同級生たちの大半は進学せずに早々に嫁いで、主婦業と母親業の毎日に満足している。たまに会っても、まるで話が嚙み合わない。女性事業家は自分の生活がどれほど自由で刺激的なのかをよく知っていて、家庭に収まるなど退屈なこと、と常々考えていた。

ところがどうしたことか。スペインの港で知り合ったアントニオを見るうちに、守ってあげたい、という損得勘定のない気持ちを初めて抱くようになった。教養はなく粗雑だが、波と星が読める。腕力でその日の糧《かて》を得て、先のことなど少しも気にかけていない。

〈まるで野生動物だわ〉

子を持つことのなかった女性事業家は、小さなビジネスチャンスを大きく育てるようなつもりで、冷静に、しかし丹精を込めて家事から礼儀作法までをアントニオに教えた。それは、船乗りに欠如していた人並みの暮らしであり、また彼女が放棄した平凡な日常生活だった。

船は男の世界だ。しかしそのおかげで船乗りたちは、機械油にまみれる作業から炊事、洗濯までを同列にこなす。それでもアントニオにとっては、見るもの聞くものすべて初めてのことばかりだった。故郷では女性たちは農作業や家畜の世話に忙しく、男性たちは漁に出て不在だった。その日に収穫したものを手早く調理して口に入れる、というような食卓だったし、干したシーツやテーブルクロスは取り込んだらそのまま使って、いちいちアイロンなどかけたことはなかった。村にはいつも太陽がいっぱいで、朝に洗えば昼過ぎにはもう乾く。洗い代えは無用という暮らしからいきなり、ミラノの屋敷で壁一面に設えられたクローゼットに紙のようにプレスされたタオルやシーツが収まっているのを見せられて、仰天した。

　事業に成功していても、女主人の生活は簡素なものだった。見栄で贅沢ぶる人が多いミラノで、自分のお気に入りに囲まれた質のよい暮らしを続けていた。もともと資産家なのは周知のことで、今さら見せびらかす必要もない。父親は各地に屋敷やヨットなど潤沢な財を遺《のこ》し、彼女はその中に独り埋もれて暮らしていた。

　一から仕込まれた、といっても、女主人と船乗りの年齢に大差はなかった。船の手入れをさせていた老いた船乗りを、突然、住み込みで雇い始めたのを見て、皆は驚いた。家事手伝いは何人かいたし、運転手も庭師も警備員もベテランで、言葉遣いも作法もなっていない外国人をわざわざ雇い入れる必要などなかったからである。屋敷の内外ではあれこれと穿鑿《せんさく》されたけれど、女主人は毅然《きぜん》とした事業家でい続け、アントニオは変わらず船乗りのままだった。

「航海から港に戻ってくる船を手入れするのと同じことでしょう」

　彼女は、巷《ちまた》の飛語を笑い飛ばした。

　二十余りの夏を、アントニオは女主人と過ごしてきた。七十を超えていまだに仕事に明け暮れる彼女には、ともに週末を過ごす恋人もいなかったし、バカンスへ誰かと連れ立っていくこともしなかった。海にも山にも別荘があったけれど、行くあてもないので長らく人に貸したままである。

「八月のミラノは、人がいなくて過ごしやすいわね」

皆が休暇に入ると、ふだん手の回らない書類の整理をしたり、秋から始まる事業の準備をしたりして過ごした。

アントニオには、毎年六月になると早々に休暇をくれた。週末に帰郷できるような距離ではないので、なかなかスペインへ帰ることもなかった。それを不憫《ふびん》に思ったのだろう。しかし、アントニオは暇をもらっても行く先がない。故郷には、戻る家がない。時が経つにつれ、友人たちも一人逝き、二人引っ越し。いっそ出かけずに、雑用を言い付けられるほうがいい。

哀れに思うのは、アントニオも同じである。女主人には魅力がないというわけでもないのに、愛情を注ぐ先は仕事ばかりである。家族がいない。親族は遠い。訪ねてくるのはたいていが仕事仲間だったが、それも友情あっての仕事なのか、仕事が連れてきた友情なのかよくわからない。

〈気の毒なことだ〉

彼女を独り置いて休暇を取るのが申し訳なかった。

人間関係が薄いからといって、彼女が冷淡というわけではなかった。アントニオの身柄を引き受け、植物や動物が好きで、映画を観ては涙ぐんだりしている。それに何より、少しでも時間ができると浴室で過ごし、優しい香りのコロンをほんの少し纏い、爪を整え、プレスのよく利いた服を着て、髪をきれいにまとめている。

アントニオが休みに入る頃になると、台所から甘酸っぱい匂いがしてくることがある。週末のぼんやりした昼下がりに、彼女は自ら台所に立ち、レモンと砂糖、ハチミツを合わせ煮る。それを肌に伸ばし塗り、上から布切で押さえて剝がす。そのようにして、丹念に無駄毛の手入れをするのだった。週末にもバカンスにも連れ立っていく相手も先もないのに、夏の手前、すみずみまで身体の手入れをする。

甘酸っぱい匂いが流れてくると、「ああ夏が来た」と、アントニオはうれしいような、居たたまれないような気持ちになった。


「この夏は、海で過ごすことにしたわ」

使用人たちを夏期休暇に送り出してしまうと、いくら仕事が休みとはいえ、大きな家での暮らしは不便だ。

「港まで送ってもらえるかしら」

〈執事〉は船乗りに戻り、昨晩、ジェノヴァのヨットハーバーからヴェネツィアの干潟へと船を運び、留めたところである。

「もう海に出ることもないし、そろそろ潮時でしょう」

船なのか、自分なのか。

あるいは、アントニオのことなのか。

船内の狭い台所でアントニオは手際よくエスプレッソメーカーを火にかけると、次に、棚から取り出したガラスの瓶の口をコンロの火に近づける。コッと小さな音がすると、スプーンの柄先を器用に蓋の隙間に差し込み難なくねじ開けた。そっと鼻を近づけ、感嘆したように目を閉じる。深い茶色のハチミツが、瓶の内側をゆっくりと伝う。壁に掛かっている小ぶりの鍋を取り、目分量で水に砂糖を入れて、煮立たせる。キャラメルの匂いが立ち上り始めたところで、果物籠に山と盛ってあるレモンを取り、ざくりと二つに切って搾り入れる。とたん、甘酸っぱい香りが広がる。ハチミツを少々。煮詰まって汁気が飛び、飴状《あめじょう》になった鍋の中身がフツフツと泡を吹き出すのを見届けると、氷を入れたボウルに鍋底を浸けた。

ジュッ。音が立ったそばから、木匙《きさじ》で手早くかき混ぜる。

手を休めず混ぜ続け粗熱を取りながら、ときどき指先でそっと触ってはキャラメル状の柔らかさと熱さを確かめる。奥様から夏の儀式を準備するように頼まれたのは初めてだった。

「準備が整いました」

アントニオが奥へ向かって声をかけ、ワゴンに銀製の小盆とカップとコーヒーポット

を用意したところで、

「ちょっといらっしゃいな」

奥から呼ばれた。

ぎしり。

杭に繋がれた綱を軋《きし》ませ、船は左に右にゆっくりと揺れている。

「全部ここまで運んでちょうだい」

ドア前で控えるアントニオに、浴室の中から女主人が言う。

湯を張ったのだろう。室内には薄く靄が立ち込めている。衝立《ついたて》の手前にワゴンを置いて下がろうとしたとき、衝立の向こうのバスタブの端から裸の足が伸びた。

「お願いできるかしら?」

アントニオと岸壁沿いのベンチに並んで座り、ヴェネツィアでの過ぎた夏のことを聞いた。船はそのまま陸に引き上げて手入れをした後、来春には売却してしまうつもり、と女主人は言ったらしい。

松林の公園で、やっとリードから放たれたというのに、犬はアントニオの足元に座ったまま離れない。

エデンの園

ヴェネツィアに引っ越したことを告げると、たいていの人は一瞬押し黙った。ミラノからは近いけれど、遠い町。住めることならぜひ、と誰もが夢見る一方、実際に引っ越す人はたしかに稀かもしれない。

うらやましいわ、でもなぜ引っ越したの、家はどのあたり、住み心地はどう、ひどい湿気でしょう、冠水はだいじょうぶなの……。

羨望《せんぼう》半分、好奇心半分。喧《やかま》しい中、

「それで、留守のあいだは誰がミラノの事務所の植木の世話をしているの？」

そう尋ねたのは、ティナだった。

ときどき水やりにミラノへ戻るようにしている、と答えると、それはよかった、と安《あん》堵《ど》して、

「そのうち遊びに行ってもいいかしら？」

と、出し抜けに言った。

思いがけなかった。ティナと知り合って十年近くにはなるものの、自宅に招くほど打ち解けた間柄でもなかったからである。彼女はひと回り以上年下だったし、人見知りが強く、断固とした菜食主義者で、少々偏屈なところがあり取っつきにくかった。機嫌のよいときとそうでないときの差が大きく、顔色を窺いながら付き合わなければならない。拗《す》ねる子をあやすように相手をするのは、なかなか骨が折れた。他の人も同じように感じるらしく、ティナが同席するのを知ると、あからさまに食事への誘いを断る人もいた。そういうティナが、遊びに来たいという。寄せては返す、ヴェネツィアの魔力、か。

彼女が無愛想なのは、人付き合いに慣れていないからだった。両親は多忙で、子供の教育に目こぼれのないよう、必要以上に厳しく躾《しつ》けた。

「一挙一動、叱《しか》られてね」

小言を逃れるように、ティナはひとり、室内の観葉植物やベランダの植木と時間を過ごすようになった。母親の趣味で、一年を通して家は花でいっぱいだった。手入れをしてやると、美しい花を咲かせ瑞々《みずみず》しい芽を吹く。人間を相手にするより、気が楽で落ち着いた。

彼女は植物と似ている。やわらかな新芽のように優しいときもあれば、厳寒に耐える葉を落とした枝のように寡黙なときもある。草木染めの服やショールを纏い、綿のトートバッグには数冊の植物図鑑やスケッチブックの他に、散策中に採取した草花や蔓《つる》、種や実を入れている。ときおりティナから届くメールには画面いっぱいに、各地の見知らぬ花や壁に映るヤシの木の影、枝先の間に見える青空の写真が貼り付けてある。本文のない写真だけの便りは、ティナが植物を介して記す近況報告だ。

彼女は、庭園造りを専門とする建築家である。

ジュデッカ島の家の中を見回してみる。窓からの借景の他はたいした装飾品もなく、素っ気ない。運河側の窓の桟の縦横を測って、家を出た。

行く先のあてはなかった。まずはジュデッカ島から本島へ渡り、南端の縁沿《へり》いに歩いてみることにする。生花店を探すのだ。

ヴェネツィアに着いてからのこれまで、花どころではなかった。転居の挨拶に三階を訪ねたときの花束以来、縁がなかった。ジュデッカ島には生花店がなく、スーパーマーケットのもので間に合わせたのだった。

「観葉植物？　さてねえ、どこで買えるかなあ」

バールで店主に尋ねると、腕を組んで考え込んでしまった。

暮らしの中の、花の出番を考えてみる。慶弔。歓喜と悲痛。病院、墓地、劇場に教会、か。

誕生と終焉《しゅうえん》。ヴェネツィアで、さまざまな始まりと終わりを探しに行く。

ヴェネツィアは、歩けば教会である。神頼みを重ねてきたこの町の歴史を思う。ここに暮らす者にとって旅立つことは日常であり、航海から戻ってくるときには新しいものを持ち帰る。新奇な物資や人材、情報、接点を提供して、生きる糧を得てきた。しかし外から連れ込むものが、いつも好機に繋がるとは限らない。疫病にろうぜき者、猛獣や害虫、人を惑わしそのかす媚薬《びやく》や麻薬、悪習だったりすることもあっただろう。あるいは、幸運が道を開き、富を築き、繁栄をもたらす。しかしまた、富裕になればなるほど所有欲は煽られ、足ることを知らず、争っては奪い、妬《ねた》んで誹《そし》る。さまざまな悲喜こもごもに、花は寄り添ってきた。


考えながら歩いているうちに、本島の西の端まで来てしまった。

周囲がひっそりとしているのは、水上バスの航路から離れていて人の流れが少ないからだろう。少し先にある建築大学の学生たちや、住民たちが行き来するだけである。

そういう通りに面して、小さな店があった。小花を付けた野草の鉢植えがいくつも置いてあり、ショーウインドウを縁取るようにドライフラワーが飾り付けられている。店の入り口脇に置いた小さなテーブルの上には、淡い色の花のブーケが薄紙で包まれてガラス瓶に挿してある。もう見慣れているのだろう。学生たちは、ショーウインドウにも鉢植えにも花にも目もくれずに通り過ぎていく。

数々の鉢植えや花に見とれていると、突然、中から熟年の女性が現れた。

「こんにちは」

丁寧な挨拶の奥に見えた店内には、天井まで届くバナナの鉢植え、シュロの大鉢、壁の棚に置かれたポトスが生き生きとした葉を垂らしている。ガラスケースには、茎の長い真紅のバラや濃いオレンジ色のユリ、固いつぼみのミモザの枝がところ狭しと並んでいる。

「小学生の頃、親に連れられて来て以来の夢でした」

店主は、ヴェネツィアにひと目惚れした。読み聞かせてもらったおとぎ話の中の町が目の前に現れた、と息を呑んだ。親に手を引かれて、春先のヴェネツィアを歩いた。船で巡った。あちらこちらに小島が浮かび、木々が水面ぎりぎりに枝を伸ばしていた。白濁した緑色の水面《みなも》は、新緑を照り返して洋々と光った。歩き疲れてうつむくと、壁の下方に咲く野生のスミレがあった。宿には表からは見えない中庭があり、果樹や花木の木陰で朝食を摂った。

〈古い町も、春には目を覚ますのね〉

以来ヴェネツィアを訪れては、美術展や遺跡はそこのけで草木ばかりを見て回った。

「この町の何よりの贅沢は、土と空間を持つことでしょう?」

働き、貯金して、ヴェネツィアに引っ越してきたのだという。水と石のわずかな隙間に、嬉々として伸びる草花の様子が忘れられなかった。

帰路、いくつもの鉢植えの入ったビニール袋を両手に提げて通りかかった私に、顔馴染みの書店主が手招きした。

「ちょうど出たばかりでしてね。ぜひ読んでみて」

ビニール袋からあふれ出ている小花や蔦《つた》を見やりながら、一冊の本を差し出した。

「私邸の庭園や公園、ホテルの中庭、農園や自然林を集めた図録です」

ヴェネツィアと周辺の干潟の、知られざる緑の案内書だった。

窓枠に吊るした蔓バラが揺れている。ジュデッカ運河からの強い季節風に耐えられるだろうか。窓の桟にも買ってきた鉢を置いた。薄紫色のツリガネソウ、オシロイバナ、野イチゴの小さな実の間から、運河と対岸の教会が見えている。

ティナが喜んでくれるといいけれど。

窓の中のヴェネツィアが花に彩られ、寒々しかった白い壁に絵画が掛かったように見える。岸壁際に立つ杭にカモメが留《と》まり、じっとこちらを見ている。野イチゴを狙っているのだろうか。知らぬ間に、鉢の草木へカモメへ羽虫へ声をかけている。考えてみれば、引っ越してきて初めて同居する植物なのだ。土と空間が贅沢、と生花店の店主が言っていたっけ。鉢に水をやるうちに、自分もヴェネツィアに根を張ったような気になっている。

窓際に座り、買ってきたばかりの本を開く。刷りたての緑の案内書から、かすかに古めかしい香りがするのは気のせいか。ページを繰るごとに、個人宅のこぢんまりとした庭が現れ、住む人を失《な》くして荒れ放題の中庭があり、無人島にこんもりと繁る木々や霊園を囲う背の高い糸杉、美術館のガラス張りのカフェ、元貴族の屋敷を改築したホテルの庭、岸壁沿いの並木道、レストランのバルコニー、濃い緑の葉を繁らせる野菜畑、藤の蔓枝がしなだれかかった石塀が次々と現れた。見知らぬヴェネツィアが並んでいる。ページを繰っては写真に見入り、木々の先に隠されたヴェネツィアを想像する。葉に触り、花や果実の香りを吸い込みたくなった。

「ありがとう」

数日後、ヴェネツィアへの到着時刻を連絡してきたティナは弾んだ声で言った。あれから緑の案内書をもう一冊買い入れ、彼女に送った。草木や花越しにヴェネツィアを観賞するのはいかにもティナらしいのではないか、と思ったからである。

ヴェネツィアにやってきたティナは荷物を解くと早速、件《くだん》の案内書とメモ帳、携帯電話を出した。

「返事が来るかしら」

案内書には、びっしりと付箋《ふせん》が貼ってある。庭や公園、ホテルの中庭など、住所と所有者の連絡先が明らかなところにすべて、見学を申し込んだのだと言う。ホテルや公共の場所ならともかく、個人宅や由緒ある屋敷は閉ざされたまま誰も住んでいないところが多い。見学どころか、申し込みの手紙さえ持ち主に容易《たやす》くは届かないだろう。

本に顔を埋めるようにして、ティナはページの中の植物について品種ばかりか原産地から開花時期、適切な土質まで連綿と教えてくれる。緑の出自を探るのは、植物を介したヴェネツィアと異国の交流史を知ることかもしれない。緑に手を引かれて、ティナのヴェネツィア探訪は始まっている。

植物のようなティナは、菜食主義者だ。うちの並びに、青果店がある。ミラノでもフィレンツェでも見かけるジャガイモやレモン、葉野菜が、この店ではどこか違う。女店主は湾内の干潟で生まれ育ち、「知らない土地で採れたものは、口に入れない」と、地産ものだけの頑固な品揃えだ。

「ちょっとかじってみて」

女店主は棚にある紫色の葉野菜をちぎって、私たちに手渡す。しゃきりとして甘く、そしてほろ苦い。濃い余韻。ティナは緑の葉、白い茎、と次々に渡されては頬張り、目を細めたり丸くしたりしている。

「『食べるものが、人となり』というでしょうが。食べれば食べるほど、ヴェネツィアに近づくよ」

夕食のための買い物のはずが、二人とも野菜と果物いっぱいの袋を両手に提げて店を出た。


翌朝、野菜と果物のスムージーを飲み終えたところで、ティナの携帯電話のメッセージ着信音が鳴った。読むうちに、みるみる口元が緩んでいる。

「しかも今日ですって！」

離れ小島にある、個人宅からのメールだった。

〈バラが見頃です。今日の午後、いつでもどうぞ〉

イタリア名ではない女性の氏名と、住所が記してあった。そこは、案内書に載っている中でもひときわ目を引く庭だった。掲載された写真は、空が入る余地もなく、ぎっしりと葉と花と枝で埋め尽くされている。花はあちこちを向き、木々は剪定《せんてい》されないまま四方に枝を伸ばしている。他のページに比べると雑然としているが、どの植物も自由気まままで楽しそうに見える。

ティナは拡大鏡でじっくり見ては品種名を呟き、懸命にメモをしている。

昼食を早々に終えて、その庭に向かった。ヴェネツィアの住所には、地区名と番地だけという大まかなものが多い。路地は毛細血管のようで、短いもの、袋小路、延々と続いて途中で名前が変わるもの、建物の裾に開いた抜け道、と無数にあってきりがない。省略して、桁《けた》数の多い通し番号だけが振ってある。その家の住所も、地区名の他には番地すら書かれていない大雑把《おおざっぱ》なものだった。

離れ小島の停留所で水上バスを降りる。

〈正面の建物の下をくぐり抜けて、そのまままっすぐ歩いてください〉

知らされた道順はそれだけである。

朽ちて傾いている建物の下方に開いたトンネルのような抜け道をくぐり抜けると、湿気を吸い込み黒ずんだ赤煉瓦の塀が、両側から迫り寄《せ》ってきた。迷うも何も、人ひとりしか通れない。道は反物を解いて転がしたように、細く長く延びている。

待ちきれないのだろう。ティナは飛ぶように歩く。路地の向かいから来る人があれば、どのようにすれ違えばいいのだろうか。横に避けるのか。それとも、声をかけるのか。後ろから人が迫ってきたら、どのように背後を守ればいいのだろう。あれこれ考えて、不安になる。両側の壁は大人の背の倍ほどの高さがあり、その向こう側には何があるのかわからない。音もしない。猫も通らない。ただ壁が続く。途中には、家の入り口すらない。

かなり歩いて、

「あった！」

ティナが小さく歓声を上げた先に、壁が人の半身分だけ途切れている。赤煉瓦に挟まれて、深い緑色の筋が見える。壁と同系色の鉄の扉が、半開きになっている。番地も表札もない。しかしティナは、躊躇せず入っていこうとする。

「絶対にここよ。匂いでわかるもの」

呼び鈴を探してまごついている私を急《せ》かした。

一歩入ると、そこは緑の楽園だった。

高い壁に挟まれ細い帯を伝い歩いているうちに、自分がどこにいるのかわからなくなっていた。行けども行けども景色は変わらない。時間の感覚も狂う。路地への入り口はパラレルワールドへの玄関だったのではないか、と思い始めていたところだった。

ティナの深呼吸を聞いて我に返り、驚いて潜めていた息を思い切り吐いては吸い込んだ。

雨の味。遠い海の匂い。しっとりとした潮の湿り気。葉が、枝が、緑色の息を吐いている。

ティナの後について、ゆっくり歩く。足元でジョリジョリと小石が擦《こす》れる。風が梢《こずえ》を抜け、葉が上の方でざわめいている。

砂利の音が重なり、聞き耳を立てたとき、

「お待ちしておりました」

緑のあいだから声がした。強いドイツ語のイントネーションだった。

上背のある、固い体付きの女性だ。船乗りが着るような、あるいは狩人《かりゅうど》が纏うような蠟引《ろうび》きの深緑色の上着に茶色のコーデュロイのゆったりしたズボンを合わせ、膝までのゴム長靴を泥だらけにしている。老いている。無造作にひっつめにした髪は、ごくわずかに金髪を残して真っ白である。きっと若い頃は人目を引いたに違いない。背筋を伸ばし、やや上を向いて化粧っ気のない顔でにっこりした様子は毅然として、学校の先生のような印象だった。

「インゲです。よくいらっしゃいました」

挨拶を済ませると、インゲは草木に向かって小声で話しかけながら奥へと歩いていく。ティナはときどき立ち止まっては目の前の枝をそうっと手に取り、新芽を見ている。

歩くごとに、微かな香りや濃厚な匂いが立ち上る。見知らぬ鳥が高い声で鳴きながら、緑の奥へ飛んでいく。優雅に長い茎をくねらせ、空中に咲くバラがある。

「二百種類くらいはあると思います」

インゲは歩きながら摘み取ったバラの花びらで、茶を淹《い》れてくれた。

そこは廃材や割れた陶器を敷き込んだ土間になっていて、天井までのガラスの引き戸で仕切られている。向こう側は居間らしい。くたりとした背もたれの低い幅広のソファには白地に小花の柄の布が掛けてあり、田舎家のようだ。絵もフロアスタンドもなく、本棚もない。テーブルの上に、花ばさみや作業用の手袋が無造作に置いてある。上り口はなく地面も床面もひと続きなので、どこまでも庭のようであり、またどこまでも室内の延長のようだ。

竹と葦《あし》で編んだ寝椅子を勧められる。初めて訪ねた先で、見知らぬ異国の人の淹れた茶を飲み、寝転んで空を見る。空の手前でさまざまな種類の木々が交差し、緑色の木漏れ日が胸元で揺れている。プーン、と耳元には虫の羽音。

「次の満月はね……」

「ハチがそろそろ……」

「はさみを使うのはどうかしらねえ……」

「ここの土に塩は不要なのよ……」

している。

ティナとインゲは、植物の品種や原産地、種や苗を売る業者など、夢中で情報交換を

いつの間にか眠ってしまっていた。遠くに聞こえる二人の声がなければ、自分がどこにいるのか戸惑っただろう。

バラのトンネルや桃や桜、レンギョウの向こうにティナがいた。振り返ったインゲが口元に指を当て、〈声を立てないで〉と合図した。手にした糸の先に、小さな鉄の玉がぶら下がっている。神妙な顔で、そうっと糸を引き上げて鉄の玉を凝視した。すると、小さな玉が微かに振れ始めたのである。

「やっぱり、そうだったのね。わかったわ、すぐに連れていってあげる」

インゲは小声で話し始めた。話し相手は、振り子の下に咲く野バラらしい。

「宇宙と一体になれば、あなたの体は空気と通じ、空気は土を包み、土は花になるのよ」

鉄の玉は、自然界の波動を読み取り人に伝えてくれるのだという。

インゲは庭を歩きながら、振り子を高く上げた。風と花の声を聴くために。

ティナがヴェネツィアに滞在しているあいだ、私たちは連日その庭へ通った。花びらや香草を集めては茶を飲み、少し話し、振り子の揺れを見つめ、植物たちを丁寧に診て

回り話しかけるインゲの後について、日が暮れるまで過ごした。

でも、なぜヴェネツィアに引っ越したのですか。住み心地はどうです。植物と暮らすには、潮も湿気も風もひどいでしょうに。冠水は煩わしくありませんか。うらやましいけれど……。

「ここに暮らすことになるなんて、実は私も思ってもみませんでした」

学生時代、スイスでインゲは美術史を学んだ。学芸員になるか画廊で働くつもりだった。成績は優秀だったし家も裕福で、地元で就職するには何の問題もなかった。学生時代最後の休暇にイタリアを旅行した。湖しか知らなかった彼女は、シチリア島やリグリア、サルデーニャ島の海に胸を打たれたけれど、あまりに強烈過ぎた。波に心が乱れた。

旅行の最後の地は、ヴェネツィアだった。広がる水面は、静まり返っている。磯《いそ》の香りと似ているようで、違う。腐臭のような、熟れたような。音を吸い込み、内から光を放つ運河。濃霧。ゴンドラの櫂《かい》が軋む。くぐもった汽笛。鋭いカモメの目。岸壁を打つ余波。ヒタリヒタリ。そして、闇。

〈正確で整然とし見通しのよいスイスとは、何と違うのかしら〉

〈もう離れられない〉

短期の仕事を探していると、画廊から声がかかった。オーストリア人画家が秘書を探しているという。

画家は、孤高の人だった。当時の流行だった無機質で機能一辺倒の造形物を認めず、建物も芸術も自然と一連なのだ、と創作を続けていた。ヴェネツィアの離島にあった屋敷を買ったのは、世間の騒々しさから逃れたかったのかもしれない。元の家主は相当な園芸道楽家で、世界各地からさまざまな植物を集めて庭園を造っていた。遺族は森と見紛うようなその庭を手に余らせ、画家へ売却したのだった。

「彼は、垣根や花壇、剪定や植え替えをすべて止めてしまったの」

植物が好きなように伸び、枯れるままにした。落ち葉や枯れた花が次の命の肥料となった。虫や鳥が集まり、種が運ばれて、新入りの花が咲いた。

インゲはそこで働いたのだった。深い緑に包まれた屋敷で自然のままに、画家と絵と彼女だけで過ごした。何年も。楽園。

画家は、〈百の水〉という意味の雅号を名乗っていた。

いくつもの水流を抱き寄せては解き放すヴェネツィアで暮らしたあと、さらに海の向こうの自由を求めて船で発ち、二度と戻ってくることはなかった。何にも縛られずにありのままでいるという生き方こそが、彼の作品だったのだろう。

あれからどれほどの時が経っただろう。

インゲは、草花へ話しかけ続けている。花から土へと、伝えてもらいたいことがあるのかもしれない。大地は言葉とともに水を吸い込み、水は言葉を連れて天へと向かう。

ヴェネツィアだけの、緑色の時間がある。

土の抱えるもの

神戸《こうべ》で生まれた。薄らいで消えかかる幼少の頃の記憶の代わりに、打ち寄せる波の音と潮の香り、遠くの汽笛やカモメの鳴き声が蘇る。

ヴェネツィアで暮らすようになって、須磨《すま》の浜に立っているように感じるときがある。ドン、と正午を知らせる砲が響くと、〈ああ帰ってきた〉としみじみ安堵する。

海。

もはや故郷は特定の場所にではなく、同類の気配の中に漂っているのかもしれない。

ヴェネツィアの離島、ジュデッカ島の朝は早い。私が住む家は、運河沿いの岸壁に建っている。海でもなく川でもない水が、岸壁を打つ。ヴェネツィア本島や数々の島が散らばる湾内に、外海からの潮流が海らしい匂いを連れてくる。

ジュデッカ島と本島の間の運河は幅広でけっこうな水深があるので、外海からヴェネツィアを訪れる大型船舶の唯一の航路となっている。大陸側から湾を突っ切るようにリド島へ抜けていくフェリーボートも、この運河を通る。郵便物を載せた船。修繕を終えたゴンドラやモーターボート。観光遊覧船。時には、小型ショベルカーやコンクリートミキサーを搭載した船。離島に建つホテルへ客を送迎する専用船。水上タクシー。救急船。複数の行き先の水上バス。高低大小、それぞれのエンジン音を立てて、運河を横断したり直進したりしている。船が通るたびに横波が立ち、ときには勢い余った水が路面まで上がってくる。

いよいよ水音が頻繁になり、カモメの鳴き声が間近に聞こえて、朝が来る。カアカア、ギャアギャアと鳴き声が重なり、ひときわ騒々しい。何ごとかと窓を開けると、バサバサと大きな羽音とともに私の顔すれすれにカモメが二羽、飛び去っていった。

「まったく、もう！」

まだ日も昇りきらない岸壁で、長靴姿の女性が長い棒を振り回しながらカモメを追い払っている。窓から身を乗り出した私に気付くと、その人は岸壁の街灯の下まで行って、おはよう、と手を振った。

目深に被った黒い毛糸の帽子に何重にも巻いた黒いマフラー、膝下までのダウンコートに長靴で、誰なのか見分けが付かない。

街灯に負けじと煌々《こうこう》と道に灯りがあふれている。青果店だ。

六時を少し回ったところ。店のそばの引き込み運河へ自家用モーターボートで、彼女は仕入れから戻ったところなのだった。路上で青果の傷んだ葉や折れた茎、根を包丁で払い落とす。そのすぐそばから、カモメが急降下してきては突《つつ》き散らかす。屑《くず》野菜を掃き寄せては、次々と舞い降りてくるカモメを追い払うために箒《ほうき》を振り回しているのだった。

〈ちょっと〉

まだ暗い中、道と窓で声をかけ合うわけにもいかない。青果店の女主人は無言で大きく手招きして、下りていらっしゃいよ、と私を誘った。毎朝、一日の最初のコーヒーを淹れてくれる。

エヴァとは、ジュデッカ島に引っ越してきてすぐ知り合った。

彼女の店は、うちと軒先を並べて岸壁沿いにある。荷物を片付けてひと息吐いた後、とりあえずの買い物を手近で済ませよう、と立ち寄ったのである。

エヴァは、ひと目で染めたとわかる墨黒色の髪を眉の上で一直線に揃えたショートボブで、体に吸い付くようなTシャツとジーンズを合わせ、アイライナーの利いた切れ長の目を見開いて、

「いらっしゃい！　中も見ていって！」

威勢よく挨拶した。着せ替え人形のバービーに、こういう黒髪で褐色の肌をした友だ

ちがいたような。しかし、十分に熟年だ。キュッと高い位置にある腰でエプロンを結び、野菜の入ったプラスチックケースをきびきびと店の奥から出してきては並べている。タマネギにトマト、リンゴくらいか、と店内に入った私は、その品揃えに目を見張った。生鮮野菜と果実、酢やオイル漬け野菜の入った瓶、缶詰、袋入りのビスケット、パスタ、ミネラルウォーター、ワイン、長期保存用牛乳、スパイス、調味料、ドライフルーツ、乾物の豆などさまざまな食材が、三面の壁を覆うように並べてあったからである。棚からの青々した匂いが清々《すがすが》しい。

〈なんでもあるのよ〉

ケースを運びながら、エヴァが誇らしげに目で合図する。私はその目力と野菜や果実の活力にすっかり気圧されてしまい、買う予定ではなかった見知らぬ野菜や大袋入りのビスケット、油に塩までレジ横に持っていった。どれもこれも割高なうえ、到底食べきれる量ではないのに。

少し棚に戻そうか、と躊躇しているこちらを見抜いたかのように、

「フライパンにオリーブオイルを少々。熱々にしたところで鷹《たか》の爪とニンニク、そこへこれをね、こう切って……」

鮮やかな紫色の葉野菜を棚から取り、レジ横に置いたままな板の上で手早くざく切りにして見せた。

「一気に放り込んで、強火で。すると突然、この紫色が鮮やかな緑色に変わるの。マジックのような瞬間を見てちょうだいよ！」

　ではそれもひと摑み分だけ、と言いかけると、

「一キロ炒めても、片手に載るほどにしかならないからさ」

　こちらの返答にはおかまいなしで、ビニール袋にぎゅうぎゅうと詰め込んだ。野菜の根元にはまだ泥が付いている。

「このちょっと先で引き抜いてきたばかりよ。当店のモットーは、〈地産地消〉なもんでね！」

「客も、だわね」

　後から入ってきた老齢の女性が、間髪を容《い》れずヴェネツィア訛り丸出しで言い添えた。

　冷凍庫のない借家で、最初の買い物を持て余した。花代わりに、水を張ったボウルに青ものを入れて窓際や寝室に置いてみた。あちこちから青い匂いと果実の甘い香りがして、一日じゅうエヴァに威勢よく声をかけられているようだった。過去が沈む重い風景に、青果は活気と色彩を添えた。

　以来、たとえレモン一個でも松の実一袋でも、毎日買いに行くようになった。毎朝、地産の農産物を求めて集まる住民たちの話からは、ジュデッカ島はもちろんのこと、ヴェネツィア本島や近海の近況を知ることができる。店が扱うのは、旬の食べものだけで

はなかった。新聞にもテレビにも出ない、鮮度の高い話も捌いているのである。それは私にとって、何よりの滋養だった。人は食なり。土地柄も、食なり。

毎朝四時半、エヴァは船で本島の西端にある卸売市場まで仕入れに行く。姉と妹とともに三人で店を切り盛りしている。家業を継いだのか、と訊くと大きく頭《かぶり》を振り、

「私たち、ジュデッカ島の出身ではないの」

外海に向かって顎をしゃくった。その先には、干潟の広がる湾口に蓋をするように、南に向かって長く延びている島が見える。島というより、自然にできた埠頭のような形状をしている。島は内海と外海に挟まれて幅が狭く、水際に沿ってバスやトラックが通る道が一本走り、そこへぶら下がるようにして集落が並ぶ。家々の中をもう一本、細い道が通っている。二本の道は並んで島を貫き、人々は道と水に挟まれ直線上に並んで暮らしている。ペッレストリーナ島。三姉妹はそこで生まれた。

「父も祖父も、曽祖父に親族一同、ペッレストリーナで生まれて暮らしてきたの。手に入るものだけで、始末よく暮らしてきた。島の生活が世の中のすべてと思えれば、あそこは天国ね」

道をどちら側に渡っても、海がある。片側は内海、反対側は外海。潮流や風の向きで、両岸に流れ着くものは変わる。灰色の細かな砂。波の立たない海。海へ戻り損ねた水が、

ブツブツと泡を吹いて泥砂の上に滞っている。ねたりとした、海の匂い。

外海側には、浜から十数メートルほどのところに木杭が立ち並んでいる。そのそばに、不揃いな板切れを貼り付けただけの小屋が高床式で水上に建っている。手漕《てこ》ぎの小舟が、何艘《そう》か浮かぶ。男たちは、杭の側で漁網を引き上げている。かかるのは、緑がかった灰色の泥ばかりのようだ。カモメはそ知らぬ様子で、はるか上空をゆっくりと流している。ここで獲《と》れるのは、指先で摘《つま》めるような小魚やミミズだけである。それを集めて、他の島の漁師たちへ活《い》き餌《え》として売りに行く。

「うちにはね、その舟もなくてね。泥すら掬《すく》いに行けなかったのよ」

エヴァはひと呼吸置いて、

「私たちの父さんは、島を掃除しながら私たちを育て上げてくれたの」

背筋を伸ばし、野菜を売るときのように威勢よく言った。

エヴァは三姉妹の真ん中だ。長女は、毎日の棚卸しを担当している。日持ちする定番の根野菜から、季節の初物や珍味などの仕入れをエヴァに指示する。その日の売れ行きを見て明日の商いを組み立て、店を守る。灯台のような役割だ。

野菜や果物にも日常と非日常がある。毎日の食卓に新色を差すように、いつもと違う青果を少しだけ並べる。ケの中にハレ。岸壁沿いの通りにある店とはいえ、ごく小さな個人商店だ。島内にあるスーパーマーケットには、どうしても価格で負ける。そこで姉は、ガラス張りになっている店の正面に陳列台を出し、本日の花形を籠に盛り付けて置く。ガラス越しに見える店内の定番野菜は、新進ソリストたちを背後で支える老練の合唱隊だ。

朝、店の前を通る人たちのほとんどは、島民である。水上バスの停留所へ向かう途中、三姉妹の店の前で立ち止まり本日の花形青果を観ていく人は多い。

シャクヤクを思わせる薄桃色の葉を重ねる野菜を、黄緑色のごく細い野生アスパラガスが囲む。真っ赤なイモ。白いアーティチョークの尻。季節の色が舞う、一枚の静物画のようだ。

末の妹には、まだ幼い子がいる。店にはほとんど顔を出さないが、毎日昼前になると店の裏から野菜を炒める匂いが漂う。子供を学校へ送っていった後、姉二人のために昼食を作るのが彼女の役割なのだ。

姉たちは、仕入れてきたものを並べ終えると、配達。配達を終えると、「ちょっと焼きが回ってきたわね」と、陳列台から古参のジャガイモやニンジン、セロリ、大葉、カボチャやトマトを見繕い、皮を剥き、芯をくり抜き、種を捨て、ヘタを落とす。それをどんどん角切りにしていく。大小取り揃えたビニール袋へ切り揃えた野菜を詰め分けていく。

「いつもの、もうできてる？」

中年女性が入り口から声をかける。

はいよ。

ビニール袋は、カボチャ入りリゾット用の野菜セット、ミネストローネ四人分、煮込み肉用の野菜、オーブン焼きにするジャガイモと香草、そのまま酢漬けに、というふうにレシピごとに詰め合わせて作ってあるのだ。

長姉は、私に中身の異なる四袋の野菜詰め合わせを差し出して、

「これ、私からのプレゼント。近辺の島々のレシピ四種類よ。味で干潟巡りをしてちょうだい！」

大陸編もあるからね、とウインクした。


土のないところで暮らすということ。それは、生鮮食品のありがたみを知ることだ。かつて数年にわたって海上生活をしていたことがある。帆船のため、いったん沖に出たらいつ陸へ着くのかは風次第。出航の際には、瓶入りや缶入りの保存食品を積んだ。海水の上で暮らすというのに塩漬けの魚や野菜を積むのは、すぐに湿気て使い物にならなくなる塩の代わりになるからだ。同様に乾物も、船が水をかぶるとすぐに黴《かび》る。傷みにくい発酵食品も載せて出た。海ばかりの毎日の後に陸の縁《へり》が見えてくると、急いでテン

ダーボートを出した。何はともあれ、生鮮食品が欲しかったからだった。

ヴェネツィアは水に囲まれ外海もすぐ目の先にあるというのに、大漁旗をなびかせた漁船から陸揚げされたばかりの魚が跳ねる、という漁港はない。この干潟にはまとまった農耕地などありはしないだろう。しきりにエヴァは地産を自慢するが、大陸側で採れた農作物に違いない。

それにしても、なんという独特の味わいだろう。同じ野菜でもこれほどにも違うのか、とナスを炒めて唸《うな》る。パスタに和えた大葉に喉を鳴らす。カボチャのリゾットに頬が落ちる。

各農産物の産地を教えてもらおう、とヴェネト州の地図を広げると、

「すぐそこ」

エヴァの顎の先は、本島の東端を向いていた。サンテラズモ島。干潟に浮かぶ野菜の島だ。

不便な乗り継ぎを経て、小型水上バスから降り立った。乗船客は私一人である。

「帰りの時刻を見ておいてくださいよ」

乗務船員が、係留ロープを解きながら忠告する。連絡船の往来はごくまばらなのだ。

水上バスが離れてしまうと、音が消えた。影もない。見渡す限り、空と緑が広がって

いる。足元には、むき出しの土。標識はない。とりあえず、道なりに歩いてみるか。

停留所からまっすぐに延びる道は細かな砂利敷きで、歩くとジリジリと音がする。まんべんなく照り付ける日を受けて白々と照り返し、眩《まぶ》しい。一歩ごとに、煙のような土《つち》埃《ぼこり》が舞い上がる。乾いた土など、ずいぶん久しぶりだ。うっそうとした草藪《くさやぶ》や小木の間に、水面がチラチラと緑色に光っているのが見える。

繁みを抜けると、片側には手入れの行き届いた生垣が続き、反対側には畑が広がる場所へと出た。車は通らず、生垣の向こうにも人や動物の気配はない。広々としてはいるけれど大規模農業ほどでもなく、ありきたりな片田舎の眺めである。ただときおり緑の中を抜けていくのは潮風で、ウリやニンジンの柔らかな葉が風に揺れている。

歩き続けていると、背後から複数の話し声や笑い声が近づいてきた。ふと見ると、遠く前方にも数人が歩いているのが見えた。

いったい、いつの間に？

はっと気付くと背後の人数は増えていて、早足で抜いていく人たちもいる。停留所で降りたのは私一人だったはずである。さらに人が増えて、数分も経たないうちに十数人で同じ道を歩いているのだった。一瞬たじろいだが、前方をよく見ていると、生垣や繁みの間から連れ立って人が出てくるのが見えた。覗き込むと、繁みのそばにモーターボートが繋ぎ留めてある。生垣の向こうには、人家がある。時刻を申し合わせたように、とうとう群れのように列になって人々は歩いていくのだった。知り合いどうしもいるようで、挨拶をし合っている。耳をそばだてるものの、イントネーションどころか単語も聞き取りにくいほどの訛りである。何か集まりでもあるのだろうか。今日はちょうど日曜日で、島の伝統行事に当たるのかもしれない。三々五々、道の脇から人は集まり、増え、道がL字形に折れたところを皆、揃って曲がっていく。道なりに進もうと決めた私も、流れに任せて付いていった。

背の高い生垣の間を抜けると、運動場のような空き地に出た。植えたてなのだろう、伸びきっていない芝生に土ばかりが目立つ。右端に、十数卓の長テーブルが並んでいる。ベンチ。大きなパラソルの白が青空の下、雲のようだ。老若男女が思い思いの格好で立ち話をしたり、そぞろ歩きをしている。三、四人が集まっては崩れ、また別の人たちと顔を合わせては笑い声を立てている。人々の間を軽やかに、移り歩く男女がいる。初老の二人がこの集まりを仕切っているらしい。

「ようこそおいでになりました。どうぞごゆっくり楽しんでいらしてくださいね」

男性のほうが、恭しく私にも声をかけた。面識もないのに、どこの誰だとも尋ねない。いっそこちらのほうが不安になり、知らずに紛れ込んだ失敬を詫びつつも、いったいこれはどういう集まりなのか、とその人に訊いてみた。

一瞬きょとんとした後、大きく笑って、

「ますます、ようこそ！　親族と友人知人に集まってもらい、別荘の完成披露をしているのですよ。お散歩がてら建物もどうぞ見物なさり、ついでに昼も召し上がっていってください」

名刺には、〈弁護士〉とあった。自治体の顧問もしているらしい。

改めて見ると、夫人ともども一朝一夕では身に付かない、確かな財に裏打ちされたような典雅さを備えている。ジーンズにジャンパー、綿シャツにカーディガンという軽装でも、何世代も前からずっとこの干潟の特権階級に属してきたことがひと目で知れた。同様に、集まっている人たちも悠々としている。これも何かの縁だろう。招かれるままに、完成したばかりという建物を見せてもらうことにした。

案内されたのは敷地の奥に見える田舎家ふうの母屋ではなく、そこからさらに奥まったところにぽつんと建つ、石造りの細長い三階建てだった。漆喰を外壁に塗り込めただけの仕上げで、頑丈な岩を組み込み高く底上げした地上階部分があるのを除いては、建物にこれといった特色はない。四角四面で面白みのない、塔のような、筒のような建物である。ずんぐりと寸胴《ずんどう》で堅牢《けんろう》な印象だ。

家主は先に立って、外壁を回るように設置された階段を上がっていく。段差があり、簡素な鉄の手すりがあるだけで非常階段のようだ。

三階分を上りきると、屋上に出た。

畑、空、そしてそれを縁取る海面が光っている。屋上は尖《とが》るように狭まっていて、七、八人も入るともういっぱいである。視界を遮るものがない風景を下に控えて、ヴェネツィアを我がものとして抱く気分である。何よりのお披露目であり、もてなしではないか。人々は見晴らしを褒めそやし、うらやましがり、深呼吸し、天に顔を向けて日を浴びている。

そのとき階下からモクモクと煙が上ってきた。香ばしい匂いには、覚えがあった。アルミ製の大鍋の向こうで、堂々とした体軀《たいく》の料理人二人が目を丸くしている。

「どちらからいらしたのですか？」

日本だけれど今はジュデッカ島なのだ、と大雑把に経緯《いきさつ》を話すと、二人はさらに目を見張って大喜びした。

「今日のパスタは、この島で採れたアーティチョーク和えです。ソーセージも、自家製。旨いですよ。お好きなだけ召し上がれ」

大鍋いっぱいに用意されたパスタから、野の香りが立ち上る。給仕をする二人の丸い指先は、黒く染まっている。アーティチョークの灰汁《あく》だ。丹念に調理したのだろう。硬い繊維はクリーム状に解《ほぐ》れて、細身のペンネに絡《から》んでいる。皿にパスタを山盛りに取り、「思う存分、振り掛けて」と、大袋ごと卸しパルメザンチーズを勧めてくれる。そして、ワイン、ワイン、ワイン。「これも島の赤ですよ」。はじめ舌先にざらつく飲み心地が、やがてアーティチョークを頬張るごとに、豚肉を嚙むほどに、しっとりとした喉越しへと変わっていく。口の中にビロードの絨毯《じゅうたん》が敷かれるようだ。雑駁《ざっぱく》のようで、次第に昇華していく貴い味は、広大な敷地でのこの祝卓のようだ。

ちょっと、と手招きされ、家主夫妻といっしょに塔へ戻る。

外付けの階段の反対側に回ると、建物の下方の壁がトンネルのように開いている。たいそう分厚い壁の中に開いた穴は、半地下に掘られていて窓もない。奥にはさらに縦穴が掘ってあり、その壁三面は地面から一メートルほどの高さまで黒々と染まっている。家畜小屋にしては窓もない。誰かを押し込めた拷問部屋か、幽閉した独房か。あるいは墓なのか。

そんな跡を別荘にしたらゲンが悪いでしょうが、と笑い飛ばしてから、

「この黒い滲《し》みは、火薬の跡なんです」

第一次世界大戦までの一触即発の緊張の中、オーストリアがサンテラズモ島を管轄下に収め、非常時に備えた火薬庫がいくつかあった。干潟の島の中でも三キロ平方余りと面積が広かったことに加え、外海に近く戦略上、好都合だったからである。深く穴を掘り厚い壁で四方を固めて、火薬を貯蔵した。この環境で火薬を湿らさずに保管するのは、ひと苦労だったろう。

敵が上陸して火薬庫に火を投じれば、塔ごと、いや島ごと爆弾となる。上階部分を積み、監視塔の役割を加えたのだった。当時、屋根は木造だったという。

「壁が分厚いのは、爆発しても建屋が四方八方に吹き飛ばされて二次損害を与えることなく、上に爆風が抜けるようにするためでした。屋根を木造にしたのも、一瞬で吹き飛ばされて燃えて灰になるからだったのです」

緑の中に塔は立っている。島を見張り、いざとなったら自らが砲口を天に向けて吠える構えだったのか。

その後、火薬庫は稼働することなく二つの大戦は終わった。島には、空洞になった火薬庫跡と塔が広大な空き地とともに残された。

弁護士の一族は、代々この町で法曹界の重任を担ってきた。ヴェネツィアの弁護士は、他都市とは論法も戦法も異なると聞く。かつて火薬を抱えていた塔を敷地ごと彼が買い上げたのは、はたして私利私欲だけの理由だったのだろうか。過去、常に異国とのせめぎ合いの矢面に立ち、自国の理念など通用しない風土にあって、争いごとに油を注ぐのも種火を落とさず抱えるのも、あるいは鎮火させるのも揉《も》み消すのも、法の番人たちそのものというところがあったのではないか。

塔を見上げながら、残したアーティチョークをあてにワインを飲み直す。

ピリリ、と強いえぐみが喉を刺す。

「ここの野菜は、長らく潮と鉄で鍛えられてきたんでね」

繊維一本一本の気構えが違うのだ。

ヴェネツィアの味の原点を嚙みしめる。

紙の海

これまでヴェネツィアに数日ほど滞在する際には、たいてい本島の足場のよいところへ投宿していた。美術展だったり、知人と会うことだったり。訪問の目的は決まっているので、おのずと宿や食堂、そして通る道にも馴染みができる。行って、戻る。同じ景色を繰り返し見てきただけなのに、すっかり町の通《つう》気取りでいた。

暮らしてみて初めて知ったのは、闇に沈むヴェネツィアだった。

家を借りたジュデッカ島へは、本島の南端から水上バスで幅広の運河を渡って行く。本島の中であれば、歩けばどこへもたどり着く。ところが、離島へ行くにはそうはいかない。自分の家に帰るというのに、船に頼らなければならない。

本島で映画を観終えて、夕食を楽しみ、帰路に就く。深夜、本島の南端にある停留所へと歩く。アカデミア美術館やペギー・グッゲンハイム・コレクションを訪れる人たちで賑わう日中とは打って変わって、あたりに人影はない。夏ならまだしも、真冬の濃霧の夜ともなると、数軒ある食堂も早々に店を閉めて灯りを落としてしまい、凍った路面が黒々と光るだけである。

深夜の一人歩きは物騒かというと、そういう怖さは少しもない。しかし静まり返った町には、物陰や路地奥に何かが潜む気配がある。ふとした拍子に、その得体の知れないものの影が揺れたり、漏らす息が聞こえるように思う。

怨念か。悲嘆か。

日中、沈殿していたさまざまな思いが、未明の闇に漂い出す。急ぎ足を緩めて耳を澄まし、脇へ後へと添うそれらを伴い停留所まで歩く。神も霊も信じないけれど、未明のヴェネツィアには何かがいる。

本島で背負ってきたものを岸壁に置いて、船に乗る。まるで禊《みそ》ぎのよう、と運河を渡る。

水は干潟を繋ぎ、そして分かつ。

どの島も孤立しないように、水上バスは二十四時間、干潟を巡回している。深夜零時を回ると、夜間の航路を取る。

誰もいない停留所で、船を待つ。大陸のある西側から、低く水音が聞こえてくる。船内の照明を落とし、船首の警告灯が近づいてくる。乗り込むとき、「ジュデッカですよ」と、乗務船員が念を押す。両耳を包み込むように毛糸の制帽を目深に被り、分厚い防寒防水ジャケットを顎まで引き上げ、揃いのズボンにゴムブーツという重装備だ。寒色の制服は闇に紛れて、目と口だけが浮かび上がって見える。

船首を持ち上げ岸壁を後ろ足で蹴るようにして、早々に水上バスは出ていく。

顧みると、低い照明を受けた本島の縁が、黒い空と運河の境界を印《しる》すように灰色に一線を引いている。その延長に、サン・マルコ寺院の屋根と鐘楼が白くぼんやりと見える。岸壁から遠ざかるにつれ、現世から離れていくような気がする。

「そりゃあ、ジュデッカは流れ着く終の地だから」

水上バスの深夜便はさながら黄泉《よみ》の国への渡し船のよう、と呟く私に、ファビオは笑った。

ドイツ系の苗字《みようじ》を持つ彼は、それでも数世代前からのヴェネツィア人だ。もともと貿易が家業だったという。

「二、三世代程度では、ここではたいした商家ではないのでね」

一家は彼が小学校の頃にドイツへ移住し、休暇や親族の慶弔ごとにヴェネツィアを訪れていたが、「DNAが騒いで」故郷へ戻り、大学を卒業。建築家となった。

ヴェネツィアへの引っ越しを決めて、私が最初に相談したのはファビオだった。この町で生まれたうえ、地元の建築大学を出ている。家探しはわけないことだろう、と思ったからだ。さらに彼自身も、大学卒業後ずっと暮らしたミラノから引き揚げ、ヴェネツィアへ戻ってきている。終の住処を探すのにあちこちを見て回った、と聞いていた。現在の住宅事情にも通じているだろう。

「中にいると、かえってやっかいなものなのだよ」

親や祖父母の代からの知人のほとんどは、もうヴェネツィアでは暮らしていなかった。大陸側の町や海外へ移住した人も多い。由緒がある家ほど、本島内の家屋を置いたまま各地へ散っている。大運河に面する豪壮な建物の持ち主の多くは、貴族や商人である。過去の栄華は重い。支えきれずに棟ごと売却したり、市や国に寄贈や廉価で貸したりする名家も多い。

「あげる、と言われてもねえ」

修復して使うといっても、容易ではない。興りを七世紀に遡る町なのだ。単なる内装や構造強化の改築だけでは済まない。基礎まで遡って修復し直さなければならないものも多い。そして町は、集積する遺跡の上に建っている。

首を傾《かし》げるように傾いた塔や、二棟が互いに寄り添うように傾いてしまい、その間を抜ける路地がトンネルのようになっているところもある。工事には莫大《ばくだい》な費用がかかるだけではなく、所有者がヴェネツィアに住んでいなかったり行先不明になっていたりで建物の将来をどうするかが決められず、傷むに任せているところも数知れずある。

「建物が丸ごと一族の所有なら修復や改築を進める余地もあるけれど、長いあいだに他人に分譲されて複数の所有者がいるような場合は、実にやっかいなことになる」

相続の際に建物を階ごとに分けたり、次世代ではさらに各階を部屋単位で細分したりするため、何代か後には初代の家主一族とは赤の他人たちが集まっている。一軒一軒の合意を集めなければならない。

建物の中には、時代とともに増築を重ねたものもある。

「建物をまっすぐに切り分けてあるのならまだわかりやすいけれど、斜めやジグザグに建物を分断する物件もあるんだよ」

たとえば自分の家の風呂場で水があふれても、水漏れする真下は他人の家だったりすることもあるわけである。

古さに加えて、水に浸かる町だ。外壁や屋根、階段、雨樋《あまどい》に排水溝、電気配線やガスなど、住人全員に関わる共有設備や空間に不都合が生じ、修理が必要になることは頻繁にある。改修工事には、過半数の住人の賛同が必要となる。ところがどうだ。町は現存しても、実体がない。生ける屍《しかばね》のようなものだ。

「ヴェネツィアは、物や人に出入りをさせて商売の場を提供し財を成してきた。狭い島なので、なるべく嵩張らない商材を扱った。胡椒《こしょう》や宝石や情報をね」

ヴェネツィアが栄えたのは自らが直接に関わる売買の利益もさることながら、入ってくる商材にまず関税を課し、次に島内で商売させて売高に課税し、また国別に商人たちを囲い込んで滞在させ賃料を取り、納税後には飲む打つ買うで楽しませて搾り上げ、教会で懺悔《ざんげ》と加護を提供して、成しえたのだった。

持ち家を貸して、儲《もう》ける。物件が持つ由緒は、過ぎた栄華の残り香である。嵩張らず、しかし得難い。商材は、今も昔も変わらないのだ。

「売買にはまず商談ありき、でしょ。そして契約。金のやりとり。貸して借りて。未納に追徴。不履行には、訴訟で討つ。論争に判決。刑罰。切った張ったは、日常茶飯事だったのさ」

今も似たようなものだけど、とファビオはにやりとした。

ジュデッカ島を岸壁沿いに歩く。

空から見ると、ヴェネツィア本島は魚の形をしている。丸々と豊かな腹を抱え、肝腎そのままの位置にサン・マルコ広場がある。サンタ・ルチア駅で口を開け、飲み込まれたものは咀嚼《そしゃく》され、くねる食道を通り、栄養は吸い上げられ、残骸は外へと排出されていく。

ジュデッカ島は魚からはみ出した腸《はらわた》のようにも見え、ひれが掻《か》き出して立った波頭のようにも見える。その上を歩いている。本島の風景が距離を置いて、並んで付いてくる。

ちょうど中程の地点に岸壁の線に沿って、風除けの衝立のような建物がある。同じ高さの建物なのに、棟の半分は二階建てで残りが三階建てになっている。低層でずしりと安定感のある外観だ。壁面は、共和国の旗にも使われたヴェネツィアン・レッドと呼ばれる深い赤で塗られていて、遠くからも目を引く。数十メートル連なる大きな建物の玄関扉も窓も、いつも閉まったままだ。どうやら集合住宅ではないらしい。

ところが今日は、その扉が一ヶ所、開いていた。

覗く。

あの、すみませんが。

奥から出てきて〈何か?〉と満面の笑みの男性は、三十代か。

「もうすぐ整理が終わり一般閲覧も始まりますので、ぜひどうぞ」

明るい顔で入り口の表札を指差した。

『国立公文書館』

そうだったのか、と改めて建物の全容を見る。壁が空に映えて際立ち、赤い印を付けたようだ。

「ヴェネツィアには、書棚を並べると七十キロメートルにも及ぶほどの公文書がありまして。共和国時代に遡る、千年を超える町の記録ですから」

本島の公文書館では収蔵しきれず、ジュデッカ島の分館には十九世紀と二十世紀の訴訟記録、財務書類や不動産登記簿、治政に関わる議事録が収められているという。オーストリアに領有されていた頃から近代への、ヴェネツィアが揺れた時代の記録というわけか……。過日、野菜の楽園サンテラズモ島で見た、オーストリア時代に造られた火薬格納庫と見張りの塔。広大な敷地ごと手中にした弁護士の、誇り高い表情を思い出す。共和国時代からの名家を継ぐ彼は、ヴェネツィアが侵された過去を自分の胸元に引き寄せ守ろうとしたのかもしれない。

公文書として記録に残らなかった行間の事情は、どれほどのものだったろう。開け放たれた玄関の奥は、昼間だというのに黒々としている。ひんやりと湿った館内の空気が頰を触る。膨大な紙の間に綴《と》じ込まれた過去の呻《うめ》きや怒り、正義の声、成敗を告げる審判、溜め息が漏れ聞こえてきそうだ。

季節風が吹き荒《すさ》ぶ日は、ジュデッカ島には高い波が迫《せ》り上がってくる。公文書館が建つあたりは、最も風当たりの強いところだ。本島で起きたいざこざは、始末を付けてジュデッカ島に送り込まれる。公文書館は過去を飲み込み、離島の矢面に立ち赤い顔で本島を見ている。

公文書館の男性は柔らかなRの音で話し、イタリア人ではないらしい。司書なのか、

と尋ねると、

「僕は乗船員のようなものです」

うれしくてたまらない、という顔で、

「ここは、過去から未来への旅の入り口なんです」

『タイム・マシン・ヴェニス』。それは、過去の膨大な記録を電子化する、という遠大な文化事業計画である。文書を分類カードに記録し保管するというこれまでの管理方法では、紙が紙を生んで増え続けていく。検索にも手間がかかる。貴重な資料は眠ったまま。時間とともに劣化していくのは避けられないだろう。なんとかそこから脱却し、瞬時に千年の時を超えて記録を閲覧できるようにしよう、という計画である。紙から紙へ旅をして、千年前のヴェネツィアに会いにいく。

ヴェネツィアのカ・フォスカリ大学とスイス連邦工科大学ローザンヌ校が協力して電子化を進めながら、並行して由緒ある建物の所有者たちから先祖の逸話、各時代の暮らしを調査して不動産の付随記録として繋げていく。やがて美術館や図書館の資料も電子化して連動させ、ある住所へのクリックだけで、そこにある建物の時代ごとの外観や内部、人々の暮らし、周囲の様子を統合して知ることができるようになる。

イタリアのみならず各国に国立公文書館はあり、膨大な記録を保管している。その中からヴェネツィアが選ばれたのは、共和国時代からの卓抜した税制により、公証人を介し固定資産の記録が厳正に更新されてきたからである。不動産登記簿の歴史は、そのまま都市の変遷だ。

「両校の工学部や通信理工学部、人文学部、美術史や博物館学などから、さまざまな専門の学生や研究者がそれぞれの課題を掲げて取り組んでいるのです」

紙の海を泳ぎ、過去という陸を目指す。高波に荒れることもあるだろう。それは文字通り、向こう見ずの計画のようにも聞こえる。たどり着いても、先は死屍《しし》累々《るいるい》かもしれない。

納得いかずに黙り込んだ私を見て、

「過去があっての現在でしょう？　これまでの流れを読むことができれば、よい未来への道がきっと見つかるはず」

〈タイム・マシン〉の乗船員たちは、古《いにしえ》に使われていた印刷インクの成分を突き止め分析し、含まれていた鉄分を察知して瞬時にスキャンできる技術を開発した。グーテンベルク以前の写本の読み取り速度を上げるのも、そう遠いことではないらしい。

どうか湿気で古文書が傷みませんように。

「ご心配なく。この建物は昔、煙草《たばこ》専用の倉庫でしたから」

岸壁を打つ波の音を聞きながら歩く。

一千年前の記録には、何が書かれているのだろう。羊皮紙に記された文書もあるのだろうか。

ガラガラと車輪の音がして目を上げると、横を小柄な女性がキャリーバッグを引いていく。荷で大きく膨らみ、相当に重いようだ。車輪が敷石に引っかかったらしく、女性は荷物ごと大きくよろけた。走り寄って手を貸すと、半開きになったキャリーバッグの口から数冊、本が滑り落ちた。重いはずである。本でぎゅうぎゅう詰めなのだ。

本運びを手伝いましょうか、と訊いてみる。

まあ！　と目を丸くして恐縮しながらも、

「すぐそこなのです。ちょっと珍しい場所ですし、ご見学なさるといいかもしれません。それではお願いしてもよろしいかしら」

躊躇せずに数冊の本を私に渡し、行きましょうか、と歩き始めた。

最寄りの水上バスの停留所名を、〈いかず〉という。真ん前に、ヅィテッレ教会が建つ。直訳すれば〈婚期を過ぎても未婚の女性〉だが、あまりに直截過ぎる。おそらく地元に知られる一族の苗字か地名なのだろう。

女性は、教会の横の路地を折れて奥へと進む。

「ここです。ここから中をよくご覧になるといいわ」

彼女が呼び鈴を押したのは、立派なファサードからだいぶん奥まったところにある、教会への裏口だった。表へ出てくる人はない。インターフォンの向こうの声と短くやりとりを交わしたあとで、女性は私から本を受け取り、

「近くの市立図書館で働いています。アンジェラといいます。同僚がいるから、どうぞ訪ねてみてくださいな」

キャリーバッグを引き、解錠された高い鉄柵の向こうに一人で入っていった。

そこは、閉ざされた修道院だった。

二、三筋離れたところに、市立図書館はすぐに見つかった。煉瓦造りの美しい現代建築である。荒れ放題の庭に囲まれている。聞こえるのは、ときおり通る乳母車の音と、野良猫の気怠《けだる》い鳴き声くらいだ。枯れた庭に向かって大きなガラス窓が並んでいる。館内は、さぞ静かで明るいだろう。

落ち葉が隅に吹き溜まる階段を上がり、図書館へ入った。

防音材が張ってある天井がまず目に入り、そのあと甘くて少し埃っぽい本の匂いが出迎えるように鼻腔《びこう》を突いた。

ガラス戸を開けると、しんとしている。すぐ前が受付だ。短髪の女性が柔らかな笑みを浮かべてすっと立ち上がり、

「お待ちしていました」

と、手を差し出した。アンジェラが連絡しておいてくれたのだろう。ぞくりとした。ざわざわと紙の声が聞こえるようだった。

キャリーバッグの本の行き先は、修道女たちだった。閉ざされた修道院で暮らすので、外出は禁じられている。図書館は、頼まれた本を定期的に届ける。読み終わった本を引き上げては、次の本を置いてくる。これも、移動図書館には違いない。はたして修道女たちが読むのかどうかは、わからない。

「あの教会に課されたそもそもの役目を考えると、外界には知られていない活動もあるのかもしれませんから」

ちょっと饐《す》えた味だけど、と館内に備え付けの自動販売機でコーヒーをご馳走《ちそう》してもらい、そのうち納本から戻ったアンジェラも加わり、私たちは受付に座って雑談をしている。利用者のいない、のんびりした昼前である。

職員のアンジェラとアンナは、生粋のヴェネツィアっ子である。話が弾みだすと、二人が何を言っているのかわからない。当人たちも、互いに聞き返したりしている。出身の島が違うので方言も異なるのだ、と言った。二人は司書ではなく、市の職員だ。かつてヴェネツィアには、島ごとに市立図書館があった。島から島へ本を移しては返し、「文化の流れをよくしてきたのです」。二人とも、本の行く後について暮らしてきた。本の流れを見ることは、島々の気持ちを読み取ることだった。現在では、自治体の財政難で、島々の図書館の大半が閉鎖されてしまった。

「十六世紀、ヴィテッレ教会は本島の貧しい家庭の女の子たちを引き取り、修道女たちが裁縫やレース編みを教えました。そのまま放っておくと、娼婦へと身を持ち崩すのが普通でしたから。ひと通りの作法を教え、手に職を付けさせ、いい縁組に備えさせたのです。嫁入り前の娘たち。それで、〈ヴィテッレ〉と呼ばれたのです」

本島から流れてきた若い女性たちが、ジュデッカ島に集まって暮らす様子を想像する。音のない教会裏の修道院で、黙々と針を動かす女性たち。水の向こうにハレがあり、こちらは地味なケの日々である。

アンナに誘われ、奥の部屋へ行く。

二、三人も座ればいっぱいになりそうなテーブルが中央にあり、座り心地の異なる椅子が窓際や壁に寄せて置いてある。その周囲を木製の本棚が囲む。ちょっとした本好きの家なら、もっと冊数はあるだろう。こぢんまりとしてはいるものの、分類にメリハリが利いている。〈水〉〈船〉〈島〉〈海〉などの分類札が貼ってある棚を見て、ここはヴェネツィアなのだと改めて感じ入る。

アンナが誇らしげに立った棚に、〈ジュデッカ〉と、ひときわ大きく手書きの分類札が貼ってあった。数ページ分の小冊子から持ちきれないほど大きい判型の本、時代がかった写真集、ページの片面だけに印刷された手綴じの論文集、方言で書かれた島料理のレシピ、島を題材にした美術作品集など。厚みも高さもまちまちな本が並んでいる。

「雑駁で本流からは外れているかもしれませんが、ジュデッカ島の歴史がこの一架に詰まっています」

国立公文書館の紙々の嗤《わら》い声が聞こえてくるようだ。

この小さな図書館の本は、タイム・マシンには乗ることがない。しかしその行間やページの余白には、記載されなかった言葉が詰まっている。離れたところからじっと対岸を見てきた思いが、重なり綴じ込められている。

読むために生まれてきた

目覚めて雨戸を開けると、窓の中に運河とサン・マルコ寺院が見える。居間の隅が台所になっていて、エスプレッソマシンを火にかけながら寝間着のまま、この風景を見る。目にするたびに、まだ夢の続きかと思う。

天気がよいと、運河は白を混ぜたような明るい緑色から、朝日と空を取り込んで徐々に濃い緑色へと変わっていく。日によって藤色を帯びることもあれば、桃色から紫が加わり群青色に移っていくこともある。天女たちが薄衣《うすぎぬ》を羽織ったり、なびかせたりしているようだ。

雨や霧の朝は、水面が黒々と沈んだ色となる。雨が打ち、低く跳ね返る。そこへカモメが刺すように急降下していく。次々と下りてくる。雨足が強まる。高まる水音。窓が曇る。情景には色がない。たまらなく寂しく、しかしずっと見入ってしまう。

ヴェネツィアへ引っ越してきてからしばらくは、日の出を待つのももどかしかった。一刻も早く家を出てできるだけ広く見て回らなければ、と焦燥感に駆られた。けれども歩けば歩くほど、未踏の路地は増えていくような気がした。これで終わり、ということがなかった。前日に通ったばかりのところが、一夜明けると見えるものが違っている。暗いところに長い間いると、次第に目が慣れて周囲が見えるようになる感覚とよく似ていた。

謎めいた相手に惹《ひ》かれ、追いに追って、行き着くところまで行ってしまうとどうなるのだろう。

終わりのないヴェネツィア探訪に疲れて、一日の大半を住んでいるジュデッカ島で過ごすようになった。建築家アンドレア・パッラーディオによる名作、レデントーレ教会を訪れる数人がいるくらいで、島は空《す》いている。対岸を見ながら、島の外縁を伝う。舞台の袖から、表で照明を浴びる役者たちを見ている気分だ。島を輪切りにするように通る横道に逸れてみる。路地に並ぶ植木を見たり、細い水路に揺れる藻を見たり。ついてくるのは、自分の足音だけだ。

毎日の散歩コースの途中に、市立図書館がある。手前にあるバールで、コーヒーを一杯。店の壁面には、写真付きのメニューが貼ってある。方々の店で目にするのと同じ写真だ。バール向けの既製食品なのだろう。メニューは一年じゅう変わらない。店主なのか店員なのか、いつも同じ東洋人がカウンター内にいる。島の人たちの雑談に相槌《あいづち》を打っている様子から、ここで働くようになってもう長いようだ。コーヒー豆の焙煎《ばいせん》メーカーのマークが入ったカップも、テーブルの上の造花も、壁に貼ってあるメニューも古びている。笑っているのか不機嫌なのかよくわからない表情で、店員は黙々と洗い物を続けている。

小卓に着いて、改めて店の入り口越しにサン・マルコ広場や鐘楼を眺める。店に個性がないおかげで、対岸の神々しさがいっそう映える。

不味《まず》くも美味《おい》しくもないコーヒーの後、道を曲がるとすぐに図書館に着く。外壁が煉瓦の瀟洒《しょうしゃ》な建築物だ。入り口の前には、いつも同じ野良猫たちが背を丸めている。この時間になると運河からの突風も治まり、晴れると日溜まりができるからだろう。どの猫も毛は艶がなくまばらで、目を閉じて動かない。

修道院へ本を届ける途中の図書館員とたまたま知り合って以来、毎朝図書館へ立ち寄るようになった。地方紙に目を通し、本を返しに来る島の人たちとひと言ふた言交わし、本島や離島、大陸側にある市立図書館から届く今週の催しのチラシを読む。掲示板に貼ってある、有志による読書会や映画鑑賞会、地元出身の作家による〈小説の書き方〉開講の知らせなどに目を通す。

壁一面に開いた窓からは、通りを挟んで向かいにある屋敷の庭が見える。老齢の家主が逝ってから空き家のまま放置されている、と聞いた。相続者たちは遠方に散らばりヴェネツィアとは疎遠なのだ、と館員アンジェラが言った。

「あまりに広くて、庭の管理だけでも大仕事ですから」

売るでもなく、貸すでもない。手入れされることもなく、吹きさらしになっている。ジュデッカ島は、本島からペストの患者や遺体を運び置いた歴史もあれば、それを祀ってきた信心と弔いの場でもあった。一時期、農業がさかんだったこともある。本島から近いので、富裕者たちが避暑や週末用に別荘を建て移り住んだ時代もあった。風抜けがよいし、船を出すとき外海へ出るのにわずかな距離だからだった。そうした屋敷の大半は、現在では転売されたりホテルへと姿を変えたりしている。図書館の向かいの家のように、後継者たちが使わないまま廃屋化している物件も少なくない。

所有者たちは、それぞれに謂《いわ》れのある家柄ばかりである。ヴェネツィアに代々続く名家というと、どれほどの資産家なのか想像も付かない。世界各地に持つ邸宅を回って暮らす階級が今でもある。春夏秋冬、最適の気候を追いかけ、各地で享楽に興じ、あるいはさらなる不動産投資や美術品蒐《しゅうしゅう》集に勤《いそ》しむ。そういう人たちにとって、ヴェネツィアの離島にある別荘など、思い出すこともない存在なのかもしれない。

「荒れているけれど、すばらしい庭があるの。今度いっしょに見に行きましょうか？」

窓から寒空に並ぶ裸の木々を見ている私に、アンジェラが声をかけた。

空き家のまま放置されている屋敷の中には、市に寄贈されたものもある。ヴェネツィアの歴史の一部を担ってきた名家なのだ。住み続ける相続者がなく、分譲して島外の他人に渡るよりは、故郷のためになるように使ってもらうほうがいい。一門の歴史が名誉の形で残るではないか……。

「たしかに名前は残ってはいますけれどね」

図書館から少し離れたところにあるその屋敷は、玄関の鉄門が錆《さび》で赤茶に腐食していて、少し押せば折れそうだ。呼び鈴の上に、銅板が掛かっている。寄贈された年月日と一族の名前が彫ってあるようだが、緑青で文字が潰れてよく見えない。

玄関の門には鍵がない。雑草が立ち枯れしている庭を横切ると、簡素で小さな建物が目に入った。使用人の住まいだったのかもしれない。何しろ、視界に入りきらないほど広大な敷地に建つ屋敷である。部屋数も相当なものだろう。木製の雨戸の塗料は剝げ落ちて、木の地が見えている。蝶番《ちょうつがい》が外れて、扉半分がずり落ちている窓もある。

貿易などで富を成した家には、南洋や東洋の珍しい植物を集めた庭園や温室があったものだった。ヤシの木やモクレンの木が目に入る。枝垂《しだ》れ柳が残る先には、人工池でもあったのか、ひょうたん形の窪《くぼ》みが見える。

「夏には、雑草が大人の背丈ほどに伸びるのです」

枯草や落ち葉が積もって層をなし、足を取られる。先に立って案内してくれるアンナが、小さな建物から顔を出した若い女性に手を上げて挨拶した。

「ご不便をおかけいたします。私たちは、こちらのほうの世話で手一杯でして。とても花木までは……」

右手で抱いている子は、その女性の胸元に顔を埋めてぐっすり眠っている。左手には、半べそをかく男児の手を引いている。後ろには半身を隠した子が、彼女のパーカーの裾をしっかり摑んでこちらを見ている。豆粒のような幼子たちだ。

「これこれ、上履きのまま外に出てはいけませんよ！」

建物から走り出てくる幼児たちを、熟年の女性が小走りで追いかけながら叱っている。小さな建物は保育園なのだった。


アンナとアンジェラを取り囲んで、子供たちははしゃいでいる。中には、やっとおむつが取れたかというような子もいる。うまく言葉が見つからず、それでも図書館員二人に会えたのがうれしくてたまらないらしく、〈ああ〉とか〈うう〉とか歓声を上げている。

アンナとアンジェラは少しも厭《いと》わずに子供たちの前へ屈《かが》み込んでは、頰を両手でそうっと包み、

「チャオ！」

「元気だった？」

優しく話しかけている。

丸い体付きの年上の女性は穏やかなおばあさんのようでもあるし、襟元に切り揃えた髪形もあってか、厳しい教師にも見える。アンナたちから、園長だ、と紹介を受けた。

大人たちの腰にも届かない園児たちがわらわらと園長のそばに集まって、眼差しを揃えてこちらを見上げている。ぽかんと口を半開きにしている子もいる。親鳥を待つ雛《ひな》のようだ。褐色の肌の子、金髪の巻き毛の子、アジア系の顔付きの子、青白い肌、どこに焦点があるのかわからないような明るい緑色の目の子など、子供の数だけ異なる人種がいるのだった。

「今度、年少と年長を分けて図書館へ連れていきますので、またそのときに」

園長と若い保育士は幼子たちの頭数を繰り返し確認すると、二人ずつ手を繋がせ並ばせて自分たちは列の前と後ろに立ち、再び建物の中へと戻っていった。

「園長と保育士が有志の親たちと協力して手弁当で修理をし、教材を揃え、壁を塗り替えて運営しているのです。市営というのは名ばかりで」

市へ寄贈された建物は倒壊の危険はなかったものの傷みがひどく、とうてい保育園や幼稚園として使えるような状態ではなかった。かといって、代わりに新舎を用意するような予算は市にはない。本島ですら、観光業に偏りすぎて急騰する物価や混雑を嫌がって住民の流出が続き、当たり前の日常生活が営めない状況なのだ。ジュデッカ島やその他の離島ともなると、過疎化や老齢化は格段に深刻である。なんとか島々を空洞化させないためには、教育施設の整備が肝心要の課題だ。保育園や幼稚園、小中学校が島内にあれば、船に頼らずに通学できる。子供が増えれば、追って公園、屋内外のスポーツ施設、安全で清潔な環境が次第に整っていくだろう。若い世代向けのスーパーマーケットや外食店も増える。

「ですから、離島では私たちの図書館にも大切な役割があるのです」

『読むために生まれてきた』

図書館に戻って、アンナとアンジェラが手渡してくれたリーフレットにそうあった。イタリア全土で推進されている、読書指導計画である。生後六ヶ月の乳児以上の就学前の幼児を対象に、読み聞かせをしようという試みだ。一九九九年に小児科医連盟と図書館が連携し計画を立ち上げ、もう二十年余りになる。

「島にどのくらいの新生児がいるのか、わかりませんから」

二人は交代で、産婦人科医、保健所、教会、小児科医などを回っている。

「生まれてからでは遅いのです」

妊婦となった女性たちの目に入るように、薬局、診療所、病院にリーフレットを置き、ポスターを貼る。いろいろな事情で、キリスト教の洗礼を受けない子もいる。イタリアだからといって、教会に皆が通うとは限らない。ワクチン接種の際に、と保健所も回る。〈六ヶ月になったら、ぜひ赤ちゃんといっしょに図書館へ遊びに来てください〉

小児科医は乳児のいる家庭の様子をよく見ている。問題を抱える家庭も少なくない。プライバシーの問題で容易いことではないけれど、『読むために生まれてきた』を通して、本が子供を救う糸口となるケースもある。

毎朝、私が新聞を読む部屋の隣に、児童書のコーナーがある。色紙で飾り付けがしてあり、暖色のマットレスや小さな椅子や机、おもちゃが置いてあり温かな雰囲気だ。図書館のほぼ半分のスペースが児童書に充ててあるなんて、と初めて目にしたときは驚いた。

『読むために生まれてきた』、のか。

ヴェネツィアで紙が持つ重さを知る。

ジュデッカ島にはその西端に、小運河を挟んでさらに小さな島がある。サッカ・フィゾラ地区という。一九六〇年代、もともと存在していた浅瀬に本島や他の島々からの廃棄物を集め、埋め立てて造った人工の島である。土台が安定し、有毒物質の流出がない状態になった七〇年代に、公営住宅が建てられた。

四、五階建ての凡庸な箱型の集合住宅が、数十棟建ち並んでいる。天井は低く、ベランダも狭い。ヴェネツィア特有の、建物の間を蛇のように這《は》う路地は、サッカ・フィゾラ地区にはない。建物と建物の間はすっきりと空いていて見晴らしがよく、桜や桃の木々が植わっている。

建物の裾に植わっている木々や小綺麗《こぎれい》な様子には、どこかぎこちなさを覚える。地区ができてからすでに半世紀以上経ち、住宅の壁面もカビや蔦で覆われているというのに、ヴェネツィアからはじき出されたように浮き上がって見える。

もともと公営住宅は、経済的、社会的に恵まれない人たちを対象に建てられた。現在では老いて身寄りのない元船員や元港湾労働者なども多いが、若い人たちもいる。かなりの数の外国人も住んでいる。

入居するには、所得をはじめとするさまざまな審査を通らなければならない。いったん入居できると、又貸しや入居権利を内々に売買する者もいると聞く。家賃は廉価だ。そして、住所はヴェネツィアである。入居したい人は多いだろう。殺到を遠ざけるためにあえて離島ジュデッカ島に、さらにその端を選んでゴミの島を造り建造したのではないか、と邪推したくなる。しかもサッカ・フィゾラのすぐ横にはさらに小さな人工の島があり、長らくゴミ焼却所を置いた歴史がある。

「住人たちの身上は、詳しくは知りません。あれこれ調べるのは、私たちの任務ではありませんから。わかっているのは、国籍にかかわらず、イタリア語を話せない人が少なからずいるということです。そういう家庭の子供たちは学校へ上がる年齢になっても、ヴェネツィア方言と、汚い言葉や破廉恥な言葉遣いしかできないのです」

アンジェラは、母親のお腹の中にいる頃から子供たちを知っている。アフリカやアジアから、船乗りの嫁として縁組された女性もいると聞く。

この町の水上運搬の職には、世襲制のようなものが多い。数世紀前から縁故関係で成り立つ世界は、私利の守られた特権集団だ。ほとんどが男性。そういう排他的な世界では、仲間内だけで通じる隠語、あるいは目配せや合図を知ることが処世術となる。

「生まれたときから将来が決まっているのだ。読み書きなど、何の役に立つ？」

さまざまな事情から口の重い妻たちは、そのまま母親となる。豊かな言葉が世界を広げるのなら、貧しい言葉は囲いを築く。

いろいろな人種と出自の幼子たちが、園長と保育士に連れられて図書館へやってくる。今日はアンナとアンジェラが、絵本を読んでくれる日なのだ。低い本棚に囲まれた部屋に椅子を半円状に並べて座り、幼子たちは二人の口元を見つめている。

静かな声で始まり、アンナの声はだんだん大きくなったり低くなったり。大急ぎでページを繰ったかと思うと、ここぞというところでパタンと音を立てて本を閉じてしまう。そのまま目を閉じて黙っているアンナを見て、子供たちも慌てて目をつむる。それまで読んでもらった話が、耳元に戻ってくるようだ。

「そうっと目を開けてみてごらんなさい」

アンジェラが郵便配達人の格好をして立っている。

わあ！

園長と若い保育士が、目を見張っている子供たちに紙と色鉛筆を渡す。アンジェラは、本に出てきた人や動物たちに手紙を届ける配達人なのだ。

うれしくてたまらない、という顔の子もいれば、「おしっこ！」と言っている子もいる。自分の名前が書ける子は得意気だし、あさってのほうを向いたままの子もいる。

アンナは上着のポケットから落ち葉を出して、

「私は、これを届けてもらうの」

本の表紙に描かれている尺取り虫を指差している。「じゃあ、僕はこれ！」と、五穀をハチミツで固めた手作りのおやつを差し出して、男の子はほっとした顔をしている。

白紙を前にうつむいている女の子に、

「静かなお手紙だわ」

アンジェラはつくづく感心した、というように頷いてみせている。

子供たちは、この島に漂着した種から生まれた苗である。本の言葉を聞き、美しい表現に触れるうちに、内に知らずに囲っていたものを自分たちの言葉に変えて表へ引き出す時がやってくる。苗から新芽が吹くように。

「読むために生まれてきた子供たちのおかげで、異なる世界へ連れていってもらえるのは私たちのほうなのです」

アンジェラは子供たちの頭と本の背表紙を交互に撫でながら、目を輝かせて言った。

揺れる眼差し

暮らし始めると、幻都ヴェネツィアですら日常になる。駅、友人との待ち合わせに喫茶店、キオスクで新聞を買い、青果店にパン屋、映画館や書店、毎日の公園に薬局もときどき。大都市と違うのは、なんでも数が限られているということ。町の存在自体が非日常の中で、〈普通〉を探して毎日の生活を組み立てる。慣れないうちはハレなヴェネツィアばかりに目が眩んでしまい、ケがどこにあるのか見つからない。

評判の高い店があると聞いても、すぐに行ってみよう、とはならない。家を出て、水上バスで本島に渡り、歩きに歩き、橋を越え、曲がり、ああまた橋か……。やれ冠水やれ強風、と道を変更しているうちに迷う。結局たどり着けずに帰宅する。無事到着できても、食材店や書店、嵩張る品物を扱う店であれば、たとえ気に入ったものが見つかってもおいそれとは買えない。今手ぶらで来たあの道を、荷物を提げて戻れるのか。橋はいくつあったっけ。路地の狭い幅を思い浮かべる。ポツリ。雨も。見聞に止《とど》めて、そのまま引き返す。

かつて暮らしたどんな寒村よりも、ここは辺鄙《へんぴ》だ。楽に暮らすには、近所の店で事足りるように自分の暮らしを合わせればいい。デザインが野暮ったかろうが気に食わない色だろうが、しかたない。ジュデッカ島はまだよいほうで、日用品店や食材店すらない離島もある。

足るを知る、か。四の五の言わずに手近なところで済ませていると、次第に店と馴染みになり、通う道が決まり、立ち止まって眺める花木を見つけ、それまで同じように見えていた景色が少しずつ移ろうのにも気が付くようになる。行き付けの場所や時間が次第に習慣として定着し、ヴェネツィアが日常となってこちらに近づいてくる。どれほどの贅沢だろう。

そうした日々の繰り返しのひとつに、〈ちょっと一杯〉がある。

一杯は、朝一番のコーヒーだったり、真夏の冷たいミネラルウォーターや冬の夜の食後酒だったりする。地区や天候、時間帯によって、立ち寄る店も違ってくる。通い慣れると、それぞれの店で顔を合わせる人たちができる。互いに暮らし方が似ているから会うのだろう。たとえコーヒー一杯でも、毎日の習慣を共有していると何となく同胞意識が芽生えてくるものだ。

数十年前に初めてヴェネツィアを訪れたとき、路地裏や小さな広場の隅に数人が集まってさかんに喋っているのが目に入った。皆、グラスを手に立ったまま飲んでいる。飲食店か、と覗くと軒先に簡単なガラスケースがあるだけで、客たちはそこに並ぶハムやアンチョビ、野菜を載せたひと口大のパンを選んでは紙皿に入れてもらい、路地の脇の朽ちた壁の隙間や水路沿いの欄干の上に置いて、摘《つま》んでは飲みながら雑談しているのだった。

車がない町だからだろうか。あるいは賃貸料が高く、下手にテーブル席を設けると客が回らず効率が悪いからだろうか。他の町では目にしない情景は、強く印象に残った。

「だって通る人が見えないじゃない」

ヴェネツィアに引っ越してきて間もなく、ここの人たちはなぜ座って飲まないのかと尋ねたら、地元っ子のセレーナはごく当然、というふうに答えた。

その店は、フェニーチェ劇場と細い路地を挟んで隣にある。スツールなしのカウンターは四人も並ぶともういっぱいで、しかもかなりの高さがあるためグラスを置いて飲むには不便だ。人を溜めずに回転させるための、店側の策なのかもしれない。劇場で出し物があってもなくても、店内はいつも混んでいる。五、六卓ほどテーブル席もあるが、座ってもその脇をひっきりなしに人が出入りし、コートの裾がテーブル上の皿を掠ったり椅子に立て掛けた傘が倒れたりするので、落ち着いて飲み食いしていられない。ぎゅうぎゅうにテーブルが並べてあるため、どうかするとサンドイッチを摘み上げたとたんに隣の人と肘を突き合わせてしまったりする。それで結局、皆、立ったままで飲んでいる。

地元の人たちも多く、訛りの強い挨拶があちこちで交わされる。仕事を上がったばかりのゴンドラ乗りたちが、横縞の仕事着のまま連れ立ってやってくる。劇場付きのガイドは、オペラのパンフレットを手に大道具係と熱心に話し込んでいる。下校途中でおやつに寄ったのだろう、小学生連れの母親もいる。それぞれ職業も年齢も異なる、接点のなさそうな人たちどうしが、気さくにヴェネツィア方言で立ち話をしている。

フェニーチェ劇場の向かいには教会が建ち迫り、ごく小さな空間しかない。正面玄関前に立ち直角に首を曲げて見上げても、ファサード全容は視界に収まらない。バレエやオペラ、演奏会、文学賞授賞式などがある日には、開場を待つ観客と立ち止まってそれを眺める観光客、業務用リアカーなどがその狭い空間で交錯して、瞬く間に雑踏と化す。バールは、そこからあふれ出る人たちや通り抜けできずに立ち往生する人たちを引き込んで、繁盛している。店内には、人種や年齢、性別、嗜好《しこう》や職業、懐具合の千種万様が一堂に会している。闇鍋を覗き込むようでもあり、さまざまな船が時化《しけ》が収まるのを待つ港のようでもある。

ウェイターたちは揃って、中年を十分に超えた男性ばかりだ。人の頭しか見えないような中で、あちこちから外国人が発する何語か知れない注文をもれなく拾い上げ、次々に捌いている。地元の顔馴染みには、ときどき気の利いた冗談を挟んだりもする。しかし仕事の手は止めない。たちまち生真面目な顔に戻り、顎を軽くしゃくり、大勢の注文を抜かりなくこなしていく。混雑する中をトレイに載せては運べないので、用意ができた順から飲み物の名前を声高に知らせ、客に取りに来させている。間合いは絶妙で動作に無駄がなく、幕間《まくあい》に用意された寸劇でも観ているようだ。

喧騒《けんそう》をよそに、奥の壁にもたれかかってマイペースで一杯を楽しむ人たちがいる。いつも決まった顔ぶれだ。中の一人が私に気付き、

〈こっちに来ないか？〉

と、グラスを揺らす。了解、と合図しようとするが、あちらの視線は宙を泳いでいるのでなかなか目を合わせられない。曇った水色の彼の目は、人混みの中で水溜まりのように鈍く光っている。長く伸ばしたひと摘みの髪を、薄くなった旋毛《つむじ》を覆うように梳《と》かし付けている。くたりとした灰色のカーディガンは、初めて会ったときからずっと同じだ。

少し空きができたので壁に近づくと、注文はまだなのにカウンターの向こうからすっとグラスを渡された。

「ご友人たちからです」

臙脂《えんじ》色に近いヴェネツィアン・レッドのベストに白いシャツ、黒い蝶《ちょう》ネクタイの老いたウェイターが、芝居がかった調子で常連たちを恭しく指した。

乾杯。

お代わり。

また乾杯。

それでは、返杯。

三、四度ほど続けたか。

「おう、カルロ！」

新参者を交えて、酔いどれ仲間は酌み交わしの振り出しに戻るのだった。

灰色のカーディガンのカルロは、常連客の中でもとりわけ店にいる時間が長い。他の人たちは休憩時間や食事、帰宅前に寄る程度だが、彼はたいていている。四六時中見かけるので、最初のうちはてっきりバールの店主だと思っていた。薄くなった頭に豊かな腹回りの外見は、たとえいつも赤ら顔でも風格があったからである。

常連客たちは店にやってくるとまず奥に目をやり、カルロの姿を確認すると、自分の分と彼の分を頼み、乾杯してから各々の連れとの話へと戻っていった。それはまるで、地区の守護神へお供えでも置くかのように見えた。

「ヴェネツィアのことなら、彼に訊くといいですよ」

ウェイターや古株の馴染み客たちは、私にそう勧めてくれた。

カルロの目は、酔いのせいか斜視のせいか、いつも半開きで焦点が定まっていない。こちらが声をかけなければ、彼が口を開くことはない。百歳と言われてもそうかと思うし、あるいは案外、六十歳前後なのかもしれない。夏でも着たきりのカーディガン姿だったが、不潔かというとそんなことはなかった。何度か隣り合ううちに、ほのかな洗濯石鹸《せっけん》の香りがし、洗い替えに同じカーディガン、シャツ、ズボンを何組も揃えているのだと知った。

〈何でもご存じだそうで……〉

ある昼下がり、珍しく空いている店内で、ひとり赤ビールを手に壁にもたれているカルロに声をかけた。

ジロリ。

右目だけがこちらへ動き、

「いいえ」

口を開くのも大儀そうである。

私は知人を駅まで見送った帰りだった。久しぶりにヴェネツィアを訪れた知人の希望で、水上バスには乗らずに本島の外周をなぞるように歩いて駅まで行ったため、くたびれて休憩がてらちょっと一杯、と店に寄ったところだった。

〈一万七千五百歩も歩いたのか……〉

携帯電話の万歩計を見ながら、どうりで疲れたはず、と隣で独り言《ご》ちた私に、

「〈病みながら生き、死ぬときは健康〉というのは止めたほうがいいな」

半開きの目で宙を見据えながらカルロは呟くと、グラスに擦り切りビールを注がせて私に渡した。

〈健康に気を遣いながら運動したり飲み食いを控えたりする生き方は、病的だ。その結果、手にするのは健康体で死ぬ、ということだろ〉と言いたいのだろう。

「また飲んでるのか」と、店に入ってくる知り合いたちが口々にカルロを気遣うが、どこ吹く風、だ。好きなように生き、体が持たなくなって死を迎えるのが自然な成り行きというものだろう、と相変わらず乾杯返杯を繰り返している。

「仕事に戻るが、見に来ますか?」

ゆらゆらいっしょに路地を行く。小さな太鼓橋を渡り終えてすぐ、カルロが立ち止まった。息でも上がったのだろう。ふと横を見ると、無数の目があった。壁をくり抜いて作ったショーウインドウの中に、こちらを向いてびっしりと顔が並んでいる。大きく開いた目。瞳《ひとみ》のない、黒い空洞。

そこが彼のアトリエだった。彼は仮面作りの職人なのだった。

店内に入ると、壁じゅうから〈おかえり〉と目が挨拶した。壁や扉に掛かる多数の仮面は、どれも褐色にくすんでいる。頬骨を強張《こわば》らせた面構えもあれば、緩んだ頬が垂れ落ちている顔もある。細い眼孔に鼻先が尖った顔は、どこかで見たことがあるような。ぽっかりと開いた口。膨らんだ鼻孔。眉間の縦皺。狭い額。割れた顎。長い鼻の下。ぼうぼうの眉。壁や柱、扉に掛けきれない仮面が、作業台の下に無造作に束ねて置いてある。

カルロはたくさんの顔に一瞥《いちべつ》をくれると、店の奥の作業台前にどしりと座った。マッチを擦る音に続いて硝煙の匂いが薄く漂う。くわえ煙草から立ち上る煙は彼の鼻下の髭《ひげ》から薄い前髪を伝って、奥の面々へと流れていく。ヤニで黄色に染まった太い指先を押し当てて、たらいから引き上げたばかりの牛革の湿り具合を診ている。

切って、水に浸け、紙粘土や木を彫って作った土台に打ち付ける。錐《きり》のひと突きごとに前髪が揺れ、口の端にくわえた煙草から灰が落ちるが、払おうとしない。ひと抱えはある切り株の作業台が、金槌《かなづち》の音や振れを吸い込む。骨ごとぶつ切りに解体するときの、精肉店のまな板を思い出す。革は打たれるうちに面の様相を帯び、少しずつ顔の輪郭や凹凸が出来上がってくる。闇の底からぼんやりと死者の顔が浮かび上がってくるようだ。

たじろぐ私に、

「だいじょうぶ。着けるまでは、死んでるから」

ふと一点を見据えたかと思うと、ザクリ。ナイフの鋭い刃先が革へ食い込む。

「どうです」

自分の顔の前に掲げて見せる。切り抜かれたばかりの二つの穴から、カルロがこちらを覗いている。黒い穴の向こうには、曇った水色の水溜まりが揺らいでいる。ひと切れの革が引き伸ばされ、時間を纏う。穴が開き、魂が宿るのを待つ。

面はその下の正体を覆うようでいながら、眼孔から、口から、隠そうとしたはずの本性を表に引き出して見せる。

カルロの、曇った水色の目。

ニヤリ。

笑ったのは、カルロだったのか。それとも仮面だったのか。


北イタリアのモデナという町の生まれだった。一九六〇年代にアメリカの作家、ジャック・ケルアックの『孤独な旅人』を読んで衝撃を受け、すぐカルロは故郷を後にした。どこでどのように恋に落ちたのか、ビートの時代に揺れていて、よく覚えていない。気が付くと恋人とヴェネツィアにいた。彼女はヴェネツィア生まれだったのだ。

〈アカデミア美術学院に入ろうか〉

大工房を構え、大量の注文に応じてベルトコンベアー式に巨大絵画をどんどん制作したヴェネツィア派の画家たちのように、芸術の職人になろうと思った。今でこそ芸術家というと、創造力を備える別人種と特別扱いされているけれど、中世や近代では大工や仕立て屋と同様の職人階級だった。

アカデミア美術学院で舞台芸術を専攻した。ヴェネツィアのカーニバルに端を発し生まれた仮面喜劇を観て、胸を打たれたからである。中世の舞台芸術は、テーマも観客も上流階級に限られたものだった。そこへ庶民が仮面を着けスポットライトを浴び、当時の貴族の選民意識や贅沢だが退屈な生活をからかったのである。

〈仮面を着ければ別世界、か〉

日常から非日常へ飛ぼうと望む人もいれば、ハレの世界から凡庸な毎日を探しに出かける者もいる。仮面はそういう旅への切符のようなものかもしれない、とカルロは胸を弾ませた。

舞台芸術を勉強しながら、旅行鞄《かばん》に少しずつ荷物を詰めていく気分だった。舞台の大道具を手がける一方で、服飾史を貪るように読んだ。建築や宗教、時代ごとの料理など、知りたいことは尽きなかった。舞台を創ることは、生きる真意を探求することだと気が付いた。

こうしてカルロは、ヴェネツィアで芸術家になった。生きるということを楽しむ職人になったのである。

学生時代からの仲間数人と劇団を作った。生きることが芸術なのだから、何も不安はなかった。職人が工芸品を創るように、即興で芝居を演じた。今日脚本を書いて、明日は背景画を描き、本番では役者として舞台に立った。必要とあれば、各人ができる楽器も奏でた。お金も観客も少なかった。少しも気にならなかった。創ることが、生きることなのだ。飢えるのもまた職人の使命のうちだ、と誇らしくさえあった。

「ラヴェンナで海を見ながら、アイスクリームを食べたいなあ」

劇団員の一人がふと呟くと、嬉々として全員で道端に並んだ。貧乏なので、車はもちろん電車賃もない。しかし全員がケルアックの愛読者なのである。当然でしょう、ヒッチハイクは。

行き先を書いた紙を広げたり、手を振って車を止めようとしたりしない。女性劇団員がセクシーなポーズで招く、ということなど論外だった。カルロたちは職人なので、ヒッチハイクするときも手を休めない。全員で路肩に並び、車が拾ってくれるまで延々と即興芝居を演じ続けた。

「いくらでも物語を思い付いてね。どんどん芝居したなあ」

あまりに興が高じて、止まってくれた車を待たせて芝居をし続けたりもした。アイスクリームも海も、旅することの言い訳だった。

風来坊への憧れが高まり各地を巡業するようになっていたが、十年ほど経ったある日カルロは劇団を解散して、ヴェネツィアに戻った。娘が生まれたからだった。あちこち出かけていかなくても足元に見知らぬ世界はいくらでもある、と目が開く思いだった。

「食えなくてね」

仮面へ向かった。アカデミア時代に学んだ伝統的な工法で、張り子の仮面を作りに作った。生活の糧を得るために、と割り切って大量生産したが、「カルロの仮面はどこかが違う」と、評判を呼んでよく売れた。そのうち他国の役者や監督たちまでが、破れた仮面を持って訪ねてくるようになった。張り子は紙を枠に貼り付けて作るので、二、三度着用すると歪んだり割れたりする。小劇団に所属する役者たちがどのような暮らしをしているのか、カルロはよく知っていた。東欧からやってきたという役者から仮面を受け取りながら、痩せて顎の尖った顔を見る。仮面のために、何度もヴェネツィアまで通えないだろう。今回渡すにしても、高い宿賃を払わせて長く待たせることはできない。

「二日ほどお待ちください」

約束の日にやってきた役者に、カルロが包みを渡す。おや、という顔で役者が包みを開くと、そこにはくすんだ茶色の仮面がある。

「革なら数年は持つ。よい芝居をしてください」

数年前に自分が娘を育てるために作った張り子の仮面が、見知らぬ人の手でヴェネツィアまで戻ってきた。歪んだ仮面と目があった途端、役者が送った数年の暮らしを仮面の口から伝え聞くような気がした。

〈ご苦労だったな〉

張り子を土台に、店に来たときじっくり見た役者の目の間の幅、眼孔、鼻筋の長さ、顎の形を目分量の採寸で革に打ち込み、仮面を仕上げたのである。

信じられない、という顔で東欧の役者は仮面と向き合っている。恐る恐る仮面を着けると、声にならない声が低く漏れ、息が静まり、肩がゆっくり揺れ、そして突然、仮面が舞い始めた。闇に向かって開いていた二つの穴からは今、強い眼光が放たれている。役者は、息も継がずに異国の言葉をとうとうと語り始める。

仮面は少し顎を上げて、長い息を吐く。深い眠りから覚めて、魂を宿す。

女であるということ

〈今のうちだ！〉

風が収まった隙に、急いで裏の路地に面した窓下に洗濯物を干し始める。数日前から強い北風が吹き続いている。ボーラと呼ばれる季節風で、クロアチアのラブ島近辺で発生しアドリア海全域を吹き荒れる。ヴェネツィア周辺の干潟へ流れ込んでくると、風は四方八方へと向きを変えとぐろを巻く。風向きから方角を読んだ船乗りが、方位計を〈バラの花〉と呼んだのがよくわかる。黒々と重い空の下、次々と三角形の波が立ち、見渡す限り白く連なる光景は不穏だ。無数の得体の知れない生き物が、海の中から耳だけを水面に出し暴れているように見える。

ジュデッカ島は、東西に細長い。棒状の島を輪切りにするように路地が通っている。渦状の風は、花びらを外側から一枚ずつ剝いでいくように順々と路地へ向かって吹き込んでいく。両端から流れ込み、壁に挟まれ筒状になった路地でさらに勢いを増し、唸る。路地の中ほどで衝突。抜け道を阻まれた双方からの風は巻き合ってひとつになり、天に駆け昇っていく。

「裏の路地は、島の中でも風が最も勢いを増す地点ですからね」

引っ越してきて最初に、青果店の女店主がそう教えてくれた。

私の住む建物は島の最前列にあり、景観を損ねないよう正面に洗濯物は干せない。そもそも北向きなので日は当たらない。晴れれば晴れたで、地面や壁に沁み込んだ湿気が立ち上ってくる。皆はどのようにして洗濯物を乾かしているのか気になっていた。

「風が吹くとチャンスよ」

曇天だろうが気にせずすぐ洗濯にかかりなさい、と女店主は助言してくれた。横で聞いていた中年の女性客が私の家の場所を尋ね、

「ツイてるわよ、奥さん」

そこなら大物でもだいじょうぶ、と付け加えた。日が当たらなくても、双方から殴り込むように吹き込んでくる風でシーツやバスタオルでも瞬時に乾くという。

「風と言えば、あんたのところの中庭だってなかなかのもんよ」

「うちの裏庭は、排水溝からの臭いが強くてね」

朝一番に買い物に来ている女性客たちは、ボーラがあとどのくらい続くのか、今夕あたりにはひと雨来そう、気温の急降下は避けられないかも、などと口々に天候の話をしている。皆、強い島訛りに加えて、刻々と変化する風や空模様にそれぞれ付いた呼び名

も交ぜて話すので、暗号を聞くようだ。ここの女性たちにとっていち早く風を読むことは、船乗り同様、生活に欠かせないことなのだろう。

島の女たちの風を巡る喧々囂々《けんけんごうごう》を耳にしながら、自分が船上生活をしていた頃を思い出す。

海に出ると、水は何より貴重となる。自分と船内の清潔を守る分を確保すると、海上では最低限の水で暮らすように努めていた。風向きと風力、水の残量で航路は決まる。想定外で海が荒れたり無風状態が続き陸へ着くのが遅れると、ますます水は命の源となる。港に入るのは、水と燃料の補給のためだった。陸付けして碇泊し、水を船底のタンク満杯に貯め終えるとすぐ、岸壁にタライを置いて洗濯したものだった。まずはシーツから。船用の寝具は化繊やウールが多い。綿だと湿気を吸い込むからである。半身で横になるような幅の狭いベッドに合わせて作ったシーツを、岸壁でジャブジャブと水洗いする。気候がよければ、裸足《はだし》で踏みしだいた。

〈風が出るといいなあ〉

洗いながら空を見上げたものだ。晴れた暑い日でも、潮の満ち引きで空気の重さはぐんと変わる。まだ日が高いから、と昼過ぎまで干したままにしておくと、乾きかけていた洗濯物も潮でべとついてしまう。朝早いうちに洗い上げて昼までに取り込んでおくのが、船暮らしでの洗濯の鉄則だった。風があると甲板の洗濯物はすぐに乾き、ありがたかった。

強風が吹き家に籠《こも》っていると、気持ちも干涸《ひから》びる。風がうねる音は、島の慟哭《どうこく》だ。

「明日も吹くから、ちょっとうちにいらっしゃいよ」

青果店でよく会う四十過ぎの女性に誘われた。一本隣の路地の中ほどに家があるという。

日曜日の昼。身を二つに折るほどの前傾姿勢で路地を抜けきり、壁伝いに横歩きして次の路地へと曲がった途端、真正面から風に突き飛ばされた。顔を上げられず敷石を見ながら一歩ずつ進み、壁が途切れたところで真横へ飛び込んだ。

四方を二階建ての建物に取り囲まれた、そこそこの広さの中庭だ。四方から中心に向かって、三、四メートルはあるだろう棒が六本ほど延びている。直径十センチに満たない細い棒は、地面に腹をつけるように三日月形に弧を描いて反っている。棒は地面に立てて置いてあるだけで、釘や重しで固定されていない。船の係留用ロープを、それぞれの先から隣の棒、向かいの棒、一本置いてその横の棒、というふうにジグザグに繋げて均衡を保っている。張ったロープには、シーツやタオル、パジャマ、下着が隙間なく吊るしてある。ときおり急下降してくる風を受けて、洗濯物はいっせいに舞い上がる。ロープがたわんで大きく揺れるが、反った棒は倒れない。洗濯物がパーンと音を立ててなびくと、六本の棒は頭を下げ、地面につけた足をじりじりと動かして均衡を取っている。歩くのすらやっとなのに、濡れて重い洗濯物を支える棒は堪《こた》えない。むしろ、風が吹けば吹くほど身を揺らし、頭を垂れ、あるいは反り返り、摺り足で駆け寄っては再び後ずさりして、歓待し踊っているように見える。

「この中庭ではね、昔から干潟で使う仕掛け網を支える棒を物干し用に使ってるのよ」

浅瀬とはいえ、外海に繋がっている海の端だ。時には低い波も立つ。寄せて引いて。広げた網を支える棒は、脆《もろ》い干潟の砂底に軽く突き刺してあるだけだ。波と風に引っ張られて網は動き、棒は揃って揺れる。かつてはヴェネツィア周辺で漁師たちが使っていたが、今ではもうリド島の南西の干潟でしか見られないという。

風を逃さず、集めて使う。

「何でも処し方次第よ」

家に入ると、すぐに台所兼居間である。集まったのは、女性ばかり。初老の寡婦に離婚した中年女性、その娘二人は高校生と中学生の年の頃か。もう一人の三十歳前後の女性は未婚だが恋人がいて、遠洋貨物船に乗っているので数ヶ月は戻ってこないという。

「昼間から何だけど、風が強くて外にも出られないことだし」

そう言いながら、家主の中年女性が威勢よくワインの栓抜きをして皆に注いだ。

島の漁師からの差し入れという小魚をあぶったものをあてに、まず一本が空く。この時季にしか獲れない子ガニを殻ごとトマトのぶつ切りと炒めて、スパゲッティ。そこで二本目を飲み干す。寡婦は平然と、蟹ソースにパルメザンチーズを山ほどかけて頰張っている。「臭みが消えて美味しいよ」。赤ワインだろうが白だろうが、泡があろうがなかろうが知ったことじゃない。「私は、カンパリソーダを飲みながら食べるのが好きなの」。

食卓には、山のもの海のものの食材と雑多な飲み物が並んでいる。野卑に見えて、のびのびと居心地がいい。蘊蓄《うんちく》も批判もない。女だけの食卓。近所のよしみ。強風が楯《たて》となり、誰にも邪魔されない気楽さ。ちょっと密やかな気配もある。

「風で出歩けないし、大陸側のアウトレット大型店へ行ってきたんだけどね」

そう言いながら、ちょっと、と招待主である母親は二人の娘たちへ目配せした。娘たちは、顔を見合わせて照れたように笑うと、揃って奥へと引っ込んだ。

あれこれ噂話をしながら、小エビの唐揚げやらポレンタを薄く切って焼いたものやらを摘み食いしていると、奥の部屋からまず上の娘が出てきた。

後れ毛を垂らして長髪をシニヨンに結い上げ、その下は黒の総レースのロングドレス姿である。かろうじて胸元から足の付け根までは黒のシュミーズで覆われているが、残りはスケスケだ。さきほどまでの伸びきったジャージの下に、こんな生身があったのか……。

「ほ、ほう！」

老いた寡婦が芝居がかった声を上げると、十六歳は澄まし顔のままその場で一回転し、腰まで大きく開いた裸の背中を披露してから、ゆっくりお尻を左右に大きく振って返した。母親も寡婦も未婚女性も、やんやの喝采《かっさい》である。

そこへ大急ぎで、妹も飛び出してきた。十四歳と聞いたが、いったいどうだ。伸縮性のある銀ラメのチューブドレスは体に吸い付いて、各部所の膨らみや窪みを見せている。未婚の三十歳が黙って二人のそばへ近づくと、結い上げた髪からヘアピンをさっと抜いた。はらりと肩へ落ちた長髪を二人はすかさず掬い上げ、悩ましげにウインクする。深い青のアイシャドウと真紅の口紅が、こぼれ髪の奥で危うげに揺れている。

それにしても、この年齢でもうハイヒールを持っているなんて。しかもピンヒールの、十二センチ……。

「学校からの指定なの。だから皆、持ってる。十五センチの子もいるよ」

姉は、外国語専門学校へ通っているという。五年制。英語、スペイン語、ロシア語を専攻し、選択では中国語か日本語を選ぼうと思っているそうだ。

「東洋は、ヴェネツィアでは外せないもの」

妹も、姉と同じ専門学校か観光業専門学校へ進むつもりだという。

「人が入ってては出ていくこの町で、語学は生活に必要な道具だから」

外国語専門学校でも観光業専門学校でも、就学後期に、生徒たちにはホテルや空港、大型客船、レストランで校外実習が課される。ヴェネツィアが賑わう夏期を選んで、ひと月ほど見習いとして現場へ送られるのだ。

〈ローヒールやスニーカーの歩き方や姿勢では、失格です〉

ハイヒールは、学校からの厳命だった。

十六歳と十四歳は、可憐《かれん》な柳腰をくねらせヒールで台所を回っている。足元は危なげにふらついてはいるけれど、倒れそうで倒れない。ゆらり、ゆらゆら。

やがて胸を張り、お尻を引き締め、鼻先を上げて、ヴェネツィアを訪れる人々へ〈ようこそ〉と言うときが来るのだろう。

リアルト橋にほど近い裏通りに、住人たちが日頃買い物をする商店の並ぶ一角がある。中央に近いわりには観光客でごった返すということもなく、いろいろな地点への近道も交差しているので地元の人たちが好んで通る。カウンターしかないバールがあり、通りがかりに首だけ突っ込むようにして店内へ声をかけたり、あるいはコーヒーやワインを飲みに立ち寄ったりしている。

ふだんから、そこへ入っては出ていくだけの女性がいた。何も注文しない。店主へ目で合図すると、黙ってカウンターの奥へさっさと入っていく。眉の上で前髪を切り揃え、耳を出し、うなじは高く刈り上げている。それで、子鹿を連想させる大きな茶色の瞳がいっそう引き立っている。しかし四十はとうに超えているだろう。

その女性が入ってくると、店は色めき立つ。狭い店内にいる男性客たちだけではなく路地を行く男性通行人たちまでが、彼女と目を合わせようと首を伸ばしたり立ち止まったりする。

イラリアは、三人も入ればいっぱいになるような小さな店で、手作りのアクセサリーや布製のバッグ、ヴェネツィアの風景画、キーホルダーなどを売っている。店に裏口はなく、物置もない。もちろんトイレもない。だから、最寄りのバールへ洗面所を借りに頻繁にやってくるのだ。さっと立ち寄りすぐに帰っていくが、たまにカウンターでコーヒーを飲んだりすることもある。すると、どこで見ていたのか、近くの店員やゴンドラ乗り、運搬業者、絵描きやホテル従業員たちが店に集まってくる。なんとかイラリアと話をするために。

どんなに寒い日でも、彼女はウエストまでのジャケットである。下は、太股《ふともも》半ばまでのミニスカートか臀部にぴったりと巻き付くニットのワンピース、あるいは黒のレギンスだ。男性陣の目は、くるりとした目とウエストから下の艶《なまめ》かしい曲線の間を泳ぐ。夏は、キャミソールドレスか、ノーブラでタンクトップにマイクロミニのショートパンツである。媚《こ》びる、というような湿っぽさは皆無で、むしろピリリとした胡椒粒のようだ。

ある日、私は遅い昼をイラリアとカウンターに並んで立ち食いしたことがあった。イラリアは、ちょっと耳を貸して、と合図して、

「週末、山の家に行ったのだけれどね」

朝、庭掃除をしていると向かいの家の男の子から、「僕たちの四つの目だけを交え合って話がしたいんだけど」と、声をかけられたのだという。

「私、その子が生まれたときから知ってるの。深刻な悩みでもあるのか、と心配して会ったらね……」

その週末以来、禁断の仲になったと言う。私は大慌てで周りを見回す。

「だいじょうぶ。瞬時のことだから」

イラリアには、三度の結婚で三人の娘がいる。前夫は、妹の現夫となっている。年中の行事で家族の集まりが重なるうちに、そうなってしまったのだ。

「姉妹だから、好みが似てるのね、きっと」

最初は夫を取られて腹が立ったが、長い目で見れば人類、皆家族ではないか。三番目の現夫は、最初の夫の小学校時代からの親友である。夫1と夫3と同じ地区にイラリアも生まれ育ったので、付き合いは長い。互いの長所短所も知り尽くしているうえ、親、親戚《しんせき》、その友人たちとも幼い頃から付き合いがあり、自分の肉親同様の仲だ。夫と別れても、人との縁は切れない。むしろどんどん広がっていく。

「ときどき帰る家を間違えそうになるのよ」

干潟で暮らしていると、ときおり堪《たま》らなく息苦しくなったり退屈したりする。そういうときは島を出て、〈瞬時の〉気分転換をするのだという。

「昔から、男たちは海を越えていった。波の向こうで快楽三昧《ざんまい》よ。女だっておとなしくしていたら、干涸びちゃうでしょ」

月の満ち欠けで、イラリアの胸は騒ぐ。足が浮き立つ。じっとしていたら、体の芯から腐りそう。寄せてくる波は抱き入れて、引いていく波は放りおく。追いかけてぬかるみに足を取られたら、溺れてしまうかもしれない。すぐに次の波は寄せてくるのだ。

「古くからヴェネツィアでは、女性が愛人の一人や二人を持つのは普通なのよ。三人を超えれば、〈ちょっとやんちゃなご婦人〉。どれだけ引き寄せられるかは、ここで生きていく女の沽券《こけん》に関わることじゃない？」


「あの窓には、女性が裸で立っていたんだよなあ……」

小さな飾り気のない橋の前で建築家のファビオは立ち止まると、住所表示を見上げて教えてくれた。〈おっぱい橋〉と記されている。

ファビオと、リアルト橋から歩いて数分の地区へ来ている。

十五世紀ヴェネツィア共和国が繁栄の頂点を極めようとしていた頃、娼婦を集めて囲い入れ、元首公認で商売させていた一帯だ。

当時ヴェネツィアは、海から着く人、発つ人、商売する人で、常にごった返していた。飲む打つ買う。大勢の娼婦たちは、朝から夜までところ構わず客引きをしていた。そのあまりの繁盛ぶりに共和国の機能が邪魔されるほどとなったのを苦慮して、この地区内に娼婦たちを集めて囲い商売を公認した。まさに、〈橋向こう〉の世界が生まれたわけだ。


長い航海から戻ってくると、男色家へと性的嗜好を変えていた船乗りや商人たちは多かった。主な交易相手だった中近東での習慣や嗜好が、ヴェネツィアに上陸するのはごく自然な成り行きだった。異国からの珍しい香辛料や美しい顔料、宝石、絨毯と同様に、男色も密やかに流行した。しかし教会はもとよりヴェネツィア共和国としては、男色が広まることを断じて食い止めようと必死だった。ヴェネツィアの永遠なる繁栄のためには、一人でも多く子孫を産み増やさなければならなかったからである。

「『丸裸の胸を見れば、揺れる男たちも考え直して女性のもとへと戻ってくるかもしれない』という、必死の策だったのだろうな」

そして娼館街そのものが、新奇の地場産業として各地から人を呼び込む効果も奏した。

ヴェネツィアは、見知らぬ世界と繋がる玄関口である。最先端の享楽をぜひ味わってみたい、と思う男たちは多かったに違いない。公文書館には、娼館からの詳細な帳簿と納税記録も残っている。公認産業からの税収は、共和国にとって重要な財源だった。

ヴェネツィアの繁栄に多大な力を貸した娼婦たちだったが、橋を越えて町へ出るのが許可されていたのは土曜日だけであり、それも首に目立つ黄色のスカーフを巻き、〈チョピン〉と呼ばれる上げ底の靴を履いて出かけるよう決められていた。

「上げ底は、五十センチに及ぶものもあったらしいよ」

それだけ高い靴だと自由に身動きを取るのは難しかっただろうし、客を引いたり誰かと逢引《あいびき》するのも無理だっただろう。ゆらり、ゆらゆら。

五百年前の土曜日、大勢の人で賑わうサン・マルコ広場を想像する。群衆の頭上に突き出た女性の上半身が、ゆっくりと揺れている。明るい黄色のスカーフが空に点在し、あちこちに花が咲いているようだ。夢か現《うつつ》か。根を張らない黄色の花がぬかるみから伸び、瞬時の快楽へと誘《いざな》っている。


ヴェネツィアで、旅が始まり終わる。大地を後に、海へ出ていく商人たちの希望と不安。航海を終えて、船から降りてくる船乗りたちの安堵と悦《よろこ》び。発つ人も着く人も対極にいながら、同様に高ぶる感情に揺さぶられている。

町のありようは、そのまま人間の本能の一覧だ。

干潟へ上陸してくる商人たちの儲けをまず関税で徴収し、碇泊料を課し、飲む打つ買うで楽しませて骨抜きにし、不足すれば高利で金を貸し利息を得て、より長く滞在させて賃料を稼ぎ……。集まる金を目がけて、混在する異文化から斬新な情報と人材が流れ込み、新たな世の動きが創られていく。

ヴェネツィアの女たちは、海の男たちの扱い方を心得ている。それは吹き荒れる凪や潮の満ち引きに処し、退屈な凪《なぎ》をやり過ごして、日々うまく折り合いを付けて暮らすのに慣れているからだろう。

ゴンドラ

日帰りで訪れることができるのに、なぜ住んでみようと思ったのか。

「今さらヴェネツィアでもないでしょうに。二週間もいれば、それで十分ではないですか」

引っ越しを告げると、人から呆れられた。たしかに見知らぬ町を訪ねてかなり魅力的でも、引っ越しまでしてもっと知りたいと思うことは少ない。

ところがヴェネツィアは違った。一泊二泊と滞在日数を増やすにつれ、唯一無二の魅力にますます気圧される。一生をかけても知り尽くせない、とすら思う。いればいるほど、いたたまれない気持ちになる。矛盾した思いで、毎回町を後にしていた。それは、書店や図書館を出るときの気持ちとよく似ていた。

〈生きているあいだに、このうちの何冊を読めるのだろう〉

読書に冊数の多少は関係ない、と自分に言い聞かせつつも焦る。未読の本が待っている、と喜べばいい。ヴェネツィアも訪れるたびに、無尽蔵の魅力に打ちのめされる。未踏の地があっての冒険だろうに。

住み始めると、焦燥感はなおさら強まった。足が路地を覚え、風向きや潮の匂いで空模様を当て、運河の水の色で時刻がわかるようになると、町はますます遠のいていった。

ヴェネツィアは、扱い難い女性だ。自己本位の若い女ではない。酸いも甘いも嚙み分けた、老熟の女性である。知れば知るほど、謎めいている。いま華やかに談笑していたかと思うと、次の瞬間には暗がりで黙って座っている。その揺れ幅と不可解さに惹かれる。追いかけては、見失う。期待と失望を繰り返し、気持ちの休まるときがない。

ヴェネツィアが常に湿っているのは、ただ水に囲まれているからだけではないだろう。この町の奥には、倦怠感《けんたい》が潜んでいる。熟れた吐息が漂う。

冠水に、濃霧に。いつもヴェネツィアは濡れて艶かしい。その中へさまざまな船が入っていく。手漕ぎ船であるゴンドラは、入り組んだ水路を音を立てずに往《い》ったり来たりする。「蛇が身をくねらすよう」と、古の人が記したように。

町が熟女なら、その中を行く船も女である。海の神ポセイドンは、最高神ゼウスに次ぐ強大な力を持ち猛々《たけだけ》しい。海ばかりか、大地をも支配している。地下水も湧き水も。怒ると地震を呼び、世界が震える。古くから船には女性の名を付けるのが慣例だが、それは雄々しいポセイドンへの畏敬の念や奉納に端を発するのではないか。

ゴンドラは、黒く塗られて照りがある。細くて長い船体は華奢《きゃしゃ》で優雅だが、また凛《りん》として芯がある印象だ。三日月のような形をしている。船首の飾りであるフェッロが高く伸び前方を向いている様子は、鼻先を上げて澄ます女性の横顔だ。

大運河も水路も、水深は思いのほか浅い。たいてい一メートルにも満たない。船底がどれも平面なのは、浅瀬で藻に引っ掛かったりぬかるみに船体を取られたりしないためである。

運河には流れがあるような、ないような。建物は、両岸から水路の上で顔を寄せ合っている。建物と建物を繋ぐ小さな橋。数段の階段。水中になびく黒い藻。館を這い上がる黒カビ。水面すれすれに開いた出入り口。薄暗い船曳《ひ》き場。その上に突き出る半円形のバルコニー。手を伸ばせば届くところに、小さな窓。漏れる灯《ひ》。湯気。煮炊きの匂い。食器の触れ合う音。低い話し声。赤ん坊がむずかる。テレビニュース。ちょろり、とドブネズミ。劇場の楽屋口から音合わせと歌声……。

浅い船底に横たえるようにした体の上に、ヴェネツィアの暮らしの欠片が降り注ぐ。けれどもそれは、通りがかりのほんの一瞬のことだ。ひんやりした水の上には、腐ったような熟したような匂いが戻ってくる。

ゴンドラが滑りゆく。船縁《ふなべり》は、水面すれすれに低い。水底のぬめりが、板一枚の船底を通して足裏からしのび寄ってくる。船尾の近くは渡し板で覆われていて、船頭はそこへ立ち櫂を操る。ときおり野太い声を短く上げては、器用に水路を直角に曲がったり壁際に船をそっと寄せて待機したりする。ゴンドラを見るとすぐさまモーターボートは速度を落とし、波を立てないように脇へ寄る。すれ違いざまに、ゴンドラの船頭たちは声をかけ合っている。威勢のよい符牒《ふちょう》のようなやりとりのあと、男たちの意味深な嗤い声が両側の壁を打ち、闇に沁み込んでいく。

濁水が、船の横腹をヒタヒタと静かに打つ。船頭が櫂を後ろへひと漕ぎすると、投げ出している足先がクイッと前へ連れていかれる。揺られているうちに、次第に眠たくなってくる。狭い船内に囚《とら》われたような、抱かれているような不思議な感覚に包まれる。〈ゆりかごのようで、棺桶《かんおけ》でもあるような〉と、ゲーテが記した一節を思い出す。

ゴンドラを漕ぐのも、水上バスや水上タクシー、郵便船や豪華客船の舵《かじ》を握るのも、男たちだ。海に船を捧げ、船に仕え、思うがままに操る。男たちが舵取りや櫂使いに度を越すと、波は角を立てる。足元が揺れる。転覆し、嵌《は》まり、溺れる。

ヴェネツィアの女と男、か。

「船は人生」

以前、食堂で会った老船乗りが言っていたのを思い出す。

もう初夏と言ってもいい頃なのに、肌寒い夜だった。夕食を摂り損ねて、ひとりでマニン広場に向かっていた。近くにある食堂へ行くところだった。フェニーチェ劇場の前を通り、ごく細い路地に入る。十時を回った夜道には、人影がない。途中で路地は途切れ、細い水路を渡る。あたりには店もない。街灯は、かろうじて橋と水路の在り処を照らしている。一帯の海抜は低く、冠水になると早々に沈む。道の縁を見失い、足を踏み外して水路に落ちる者もいたのかもしれない。

空腹と暗がりに押されて早足で橋を渡ろうとしたとき、右手前方の水路で動く白いものが見えた。

〈何だろう〉

水路伝いに横に折れ、近づいてみる。建物の影に覆われて遠くからはよくわからなかったが、水路の奥にビニールシートを半分まで引き上げた船が留まっているのが見えた。白い服を着た人が慣れた足取りで行ったり来たりしながら、ロープで岸壁の手すりへ係留している最中だった。自家用船を家の近くの水路に留めるのは、よく見る光景だ。

路地に戻りかけて、あれ？　と、振り返って見直した。てらりと黒光りする船体が、ビニールシートからはみ出している。金属製の飾りが付いた船首。紛れもなく、それはゴンドラだった。

〈おかしいな〉

ゴンドラの係留場所は、就航地区ごとに定められている。本島内に十ヶ所ある専用乗船所の杭に繋がれて、夜を越す。三日月のような、長瓜《うり》の薄切りのようなゴンドラが横並びして揺れる光景は、ヴェネツィアの夜の肖像画だ。

それなのに、そのゴンドラは一艘だけで留まっている。気の荒い一匹が、隔離されて繋ぎ留められているようにも、群れから逸《はぐ》れてしまった一匹狼のようにも見えた。

作業を終えると、白い人は軽々と岸に上がり足早に路地へと入っていった。同じ道を数メートル後から歩いていた私は、広場に抜け出たところで走って追い付き、一杯どうですか、と思い切って声をかけてみた。後ろ姿を見るうちに、どうしても確かめたくなったからだった。

〈なんです?〉

というふうに、白い人がゆっくりと振り返った。……やはり。

その人は、女性だった。


食堂のカウンター席に並んで座り、私はその女性の船乗りにワインとチッケッティ（ヴェネツィア風つまみ）を振る舞った。

「アレックスと呼んでくれればいい」

客のほとんどいない店内を見回してから少し安心したように、ようやく口を開いた。イタリア人ではなかった。硬いRの音は、ドイツだろう。ぶっきらぼうな話し方は、言語の問題だけではないように思えた。ときどき笑うが、目尻は緩まない。あたりを警戒する動物のような目付きだ。額にひと摘みこぼれ落ちた前髪は、くるりとカールしている。若い頃は、きっと輝くような金髪だっただろう。高く刈り上げたうなじは赤銅色に灼けているものの、男性のように骨太ではない。四十半ば、という年格好だろうか。

私の誘いは唐突だったが、ここでは古くから、界隈の食堂や宿屋が〈ゴンドリエーレ〉と呼ばれるゴンドラの船頭を、休憩時間や食事どきにワインや軽食でねぎらう習いがあった。彼女が本物のゴンドリエーラというのなら、振る舞われることにも慣れているのではないか、と思い誘ったのだ。ヴェネツィアを表象する彼らへの敬意の表れなのだろうが、初めてその慣習を聞いたとき、東京の下町で路地に植木を並べて楽しんだり界隈の猫を皆でかわいがったりするようだ、と思った。今でこそゴンドラもその船頭もカーニバルの仮面同様、年中行事を盛り上げる飾りのように軽視されている感があるが、長らく干潟の生活はゴンドラなしには成り立たなかった。〈船は人生〉なのだ。

グラスを手に、あまり話は弾まなかった。私が何か尋ねようとするとアレックスはたちまち、

「質問などして、どうするつもり？」

絡んで話の腰を折り、挑戦的な目をこちらに向けた。すべてに懐疑的で、世の中の不

条理を片端から列挙しては嚙み付いた。「私は、世界にただ一人の女性ゴンドラ乗りだから」と繰り返して胸を張ったその都度、女性であるという現実から何とかして遠ざかろうと、不要に直截な物言いをしては、自分の中に残る女の部分を冷笑し疎ましがっているように見えた。

エンストを繰り返すようなやりとりに私は途方に暮れて、一杯だけで切り上げて支払いを済ませると、彼女を店に残して退席した。見知らぬ人の心の闇を覗いたようで、興味本位で誘った自分の浅慮を反省しながら帰路に就こうとした。

「気を取り直してくださいませんか」

追いかけてきた食堂の店主に呼び止められた。カウンターの向こうから、私たちの様子を見ていたのだろう。

何杯、乾杯しただろう。店主に連れ戻されてまずビールから飲み直し、チッケッティの先へと食べ進んだ。それほど打ち解けたわけでもなかったけれど、いちいち突《つ》っかかって喧嘩《けんか》を売られるような会話にもならなかった。アレックスがワインを注ぐときに、その手をそっと見た。分厚い手だった。どれだけ皮が破れ、マメが潰れたことだろう。

思えば、ずいぶんゴンドラには乗っていなかった。観光客用の高価な余興であり、何度も乗るようなものではないと思っていた。料金は明示してあっても、あてにならない。

就航時間やコースは、ゴンドリエーレの櫂加減でいくらでもごまかせるからだ。乗船客数や時間帯でも、料金は変わる。あらかじめ回遊路を注文しようにも、いったん水路の中に入るとヴェネツィアの魔力に逆上《のぼ》せてしまい、コースや時間などもうどうでもよくなるのだった。

私は最後のグラスを空けながら、ゴンドラを予約したい、とアレックスに申し出た。

「いつがいいの？」

訊かれて、あさっての真夜中、と頼んだ。満月のはずだった。

アレックスがヴェネツィアに来たのは、二十数年前になる。父親はアルジェリア人で、母親はドイツ人。両親の揃った温かな家庭生活を味わったわけではないらしかった。寒々しい生い立ちを後にして、アメリカに渡り映画の仕事に就いていた。ヴェネツィアでの映画制作の企画が決まり、アレックスは折衝や準備のために現地へ派遣された。映画の企画自体は頓挫してしまったが、しばらくヴェネツィアに留まろうと決める。着いてひと月も経たないうちに、ゴンドラの魅力に憑《つ》かれたからだった。

揺れて、定まらない。二つの祖国、故郷とアメリカ、そして二つの性。大地でも海でもないヴェネツィアに揺れるゴンドラに、自分の姿を重ねたのかもしれなかった。

長身で若く、美しいアレックスは、さぞ目を引いただろう。

「試しに漕いでみるか？」

毎日乗船所に来ては惚《ほう》けたようにゴンドラを見ている彼女に、冗談めかして一人のゴンドリエーレが櫂を渡した。初めて握った櫂をアレックスはうまく捌き、皆を驚かせた。華奢に見えて、ゴンドラは十メートル以上の長さに四、五百キロの重さである。櫂の長さは四メートルを超える。漕ぐには、長年かけて身体で習得した平衡感覚と、相当の体格と腕力が必要だ。

船尾に乗り、櫂を押す。足運びで船体を操る。うまく突いてやると、船が喜びで身をしならせる。軋む。足裏で撫で返す。揺れる。ゴンドラの上になる。船と一体になる……。

以来、アレックスはずっとヴェネツィアにいる。ゴンドラと離れないために、船頭になった。


ゴンドリエーレになるのは、容易なことではない。ゴンドラは約千年の歴史を誇る。古から特権階級や富裕者たちは、専用のゴンドラとお抱えのゴンドリエーレを有してきた。愛馬を繋ぎ留めておくようなものだった。かつてゴンドラの座席部分は、屋根と衝立で覆われていた。もともとは天候を気にせず移動に便利なように付けられたものだったが、そのうち秘め事から政治や商いの交渉、書斎の代わりにも使われるようになっていく。ゴンドリエーレは一部始終を知りながらも決して他言しない、という重任を司《つかさど》った。共謀者であり、証人でもあった。恐喝者へと翻るのも一瞬のことだった。船は船頭の城であり、分身である。水を滑り出すと、ゴンドラは時空を超えた乗り物へと変身する。誰もがゴンドラの中では守られ、囲い込まれ、幻想を見てきた。

代々ゴンドリエーレたちは、ヴェネツィアをすみずみまで知り尽くしている。水位や潮流、建物の位置を知りさえすれば、ゴンドラに乗れるというわけではない。櫂使いの技術だけでも十分ではない。ヴェネツィアの真の水先案内人であるには、湿地に潜む世情に精通し、泥沼を回避し、船腹を擦りあてないよう櫂を操ることができなければならない。

うちうちだけに伝承されてきた、勘どころや知識がある。秘密と権利を守るために、長らく世襲の職業だった。息子が七、八歳になると船の手入れをさせ、やがては櫂に触れさせ、そして船首に乗せて足裏からヴェネツィアを覚えさせた。千年近くにわたって、限られた男たちの手でヴェネツィアは守られてきたのである。

干潟の暮らしでは、女性も男性同様、船に乗るのは普通のことだっただろう。しかしゴンドラだけは別だった。十六世紀の半ば政府は、ゴンドラに関するすべての権利から女性を排除する、と決めた。船頭という職業からも女性を排除した。以降、四世紀以上にわたり、ゴンドラは男性だけの世界だった。アレックスが来るまでは。

近年の人口減少に伴い、世襲制に頼っていては、ゴンドラ乗りの質も量も確保できなくなってきた。漕ぐ技術や地理はもちろん、礼儀作法や歴史、文化、外国語を義務付けるよう制度化し、有能なゴンドリエーレを常時確保する目的で、二〇〇六年に〈ゴンドリエーレ養成学校〉が設立されたのである。翌年には、最初の選考試験が行われた。そこにアレックスは応募した。

女が⁉

干潟じゅうが騒然とした。

アレックスは、落ちた。受けては、落ちた。理論で落ち、実技でも落ちた。

「疎ましがられて、根拠のない理由で落とされた」

彼女は、実技試験結果の正当性を巡って訴えた。勝訴。ところが再試験の際に、逆流や満潮の中でのコースを用意され、再び不合格。

「なぜ逆流と満潮でなのか」

と訴えて、再び勝訴。再々度の実技では、試験委員会から正規の櫂ではない軽量のものを使うよう条件付けられて、角を曲がれず不合格。即刻訴訟。勝訴。

彼女の実技試験には毎度、試験コースの両岸や橋に四百人余りのゴンドラ乗りたちが総出で見物し、「出ていけー！」「落ちろ！」と、罵倒した。

そして今も彼女には、ゴンドリエーラの免許は下りていない。免許がなければ、ゴンドラ専用乗船所で客を乗せることもできない。そもそもゴンドラたるもの、流しで客を引いてはならない決まりである。試験を受けると、必ず穴に落とされるのだ。いくら訴訟に勝っても、正当な試験を受ける機会さえ得られないのなら、永久に免許は取れずゴンドラ乗りにはなれない。

それでもアレックスは、食い下がり続けている。ホテルに雇われ、従業員として宿泊客をホテルの専用船（彼女のゴンドラ）に乗せる、という案を思い付く。ゴンドリエーレたちから、非難囂々。

なぜ男たちは、アレックスをそれほどに阻むのか。

女性だから？

外国人だから？

性的少数派だから？

「それほど好きなら、ゴンドラを持って出て他所《よそ》で乗ればいいだろうに」

終わらない闘いに、周囲は呆れている。

けれどもヴェネツィアから出てしまえば、ゴンドラはもうゴンドラではなくなる。船は、ヴェネツィアの人生を投影して生きている。ヴェネツィアで浮くゴンドラこそ、アレックスの人生なのだ。

出航地点は、初めて会った劇場の裏の水路である。

ジュデッカ島を出て、人ひとりいない真夜中の路地を歩く。路地の途切れた先に、あの水路が見える。月光を受けて、夜の町に燻《いぶ》した金色のリボンを掛けたようだ。

アレックスは、ツバ幅の細い白い麦わら帽子に、白いセーラー服、白のズボンと白い運動靴という装いである。薄く光る水面の照り返しを受けて、闇の中にぼうっと浮き上がっている。

〈行きましょうか〉

無言で合図して、アレックスは静かに船を出した。

夜は月に薄められ、建物は墨色の濃淡に染まっている。零時を回って、水路を行くのは私たちだけである。

「オーゥ、エー」

それでも曲がり角に差しかかると、アレックスは警笛の代わりに声をかける。闇に向かって低く放った声が、水の上を走る。それを追いかけるように、一歩前に出ては二歩下がる。足踏みの音が、櫂で掻かれた水の輪の合間を縫う。

夜を水が呑み込む。両脇の建物に当たっては返す水はひだを作って船腹を撫で、後方へ流れていく。ふと、かすかな香り。沈丁花《じんちょうげ》だろうか。

水辺から見上げるヴェネツィアは、黙している。音も色も沈む中を行くうちに、時間や場所の感覚が消えていく。暗がりの先にあちらの世界と繋がる穴が開いていて、ゴンドラに連れて行かれるような気がしてくる。水路を行くようだが、自分の心の奥底を彷徨《さまよ》っているのかもしれないし、あるいは置き去りにされたままの、無念や悲しみの層の間に潜り込んでいるのかもしれない。

アレックスは、黙って漕ぐ。ゴンドラと水は黒ひとつにまとまり、夜に紛れている。

あとがきにかえて

両岸を往ったり来たり

干潟の浮く内海に差しかかり、速度を落とした電車が〈自由の橋〉を通ってサンタ・ルチア駅に着く。

それにしても、〈自由の橋〉とはよく名付けたものだ。ヴェネツィア側に暮らす人々は、新しい世界での自由を求めてこの橋を渡る。不動の地面を踏みしめ、どこまでも自分の足を頼りに歩いて行けるという喜びと安堵、自由自在な気分は、陸で生まれ育った人々にはわからないだろう。

一方、陸側の人たちは、現実の退屈から逃れるために橋を渡る。海でもなければ、陸でもない。浮いては、沈み。非日常のヴェネツィアで、陸側での常識と規則から身を解き放ち、自由を得る。

あちら側とこちら側を一本の橋が繋いでいる。

両岸にはそれぞれの自由があるのに、対岸の光景のほうがよいように見える。

やっと着いたのに、そこはまだ私のヴェネツィアではない。駅前から水上バスに乗り、ジュデッカ島へ渡る。まるで大きく開いた魚の口腔《こうこう》のような西端を見ながら、ヴェネツィア本島の顎下あたりとジュデッカ島の間に流れる運河を行く。両岸に分かれ置かれた停留所をジグザグに縫いながら、水上バスは進む。この外回りの航路は観光名所を通らない。乗客の大半が、ジュデッカ島か、まだその先の島々へ乗り継いで行く地元の人々である。聞こえよがしに話す人もいれば、密やかに耳打ちする者もいる。三十分ほどの乗船時間に、ヴェネツィアの暮らしの抄訳を聞く。

船内には、樹脂製の緑色の椅子が並ぶ。潮で磨りガラスのように曇った窓の向こうには、同じく鈍い緑色をした水面が広がっている。ヴェネツィア訛りを聞きながら揺られているうちに、動かぬ海の中へ次第に引きずり込まれていくようだ。

はっと我に戻る頃、水上バスはジュデッカ島に着く。

食堂から、炒めたタマネギの甘い香りに絡む、臓物の匂いが岸壁まで流れてくる。旬の食材に、干潟の季節の移ろいを知る。

「あとでちょっと寄っていかない？」店の前のテーブルから、フランス訛りの女性の低い声で呼び止められる。外海側にアトリエを構える画家だ。この数年、世界各地のアーティストたちがジュデッカ島の南側に住み始め、〈ヴェネツィアのカルチェ・ラタン〉

と呼ばれているらしい。ビエンナーレはどこ吹く風で、路地の壁やアトリエ、物置で各人各様に作品展を開いている。夕刻になると、料理やワインを持ち寄って品評が始まる。貨物ボート用の係留杭に繋ぎ留めた船から、若い男性が油紙で作った大袋を陸揚げしている。毎日この時間には本島の西端にある工場から、焼きたてのパンとビスケットが届くのだ。

「昼においで」船工房が集まる一角にある食堂の店主が誘う。店主は、早朝ジュデッカ島に帰ってくる漁船から近海ものを仕入れて出す。常連客は船大工たちだ。「リアルト橋の市場まで買い出しに行っていたら、往復する間に腐っちまう」

しまった。停留所で降りると、岸壁が冠水に沈んでいる。

「しょうがないねえ」膝上までのゴム長靴を持って、青果店の店主が迎えにきてくれる。

岸壁沿いに歩きながら片側に潮の香りと水音を聞き、もう片側に生活の匂いと住人の話し声を聞く。

ヴェネツィアと距離を置く。ジュデッカ運河は広い。大陸からリド島まで、途切れない空が広がっている。運河は天を映し、雲が運河を転写して空の向こうへと流れていく。

対岸に、見知らぬヴェネツィアが現れる。

しかし渡ってみると、もう消えている。

今日も水上バスは、夢と現の両岸を縫って走る。

二〇一七年秋　ジュデッカ島にて

内田洋子

Ringraziamenti a :
Andrea Barina, Alberto Giulio Bernstein, Sandra Campelli,
Enzo Contini, Bruno di Biase, Fern, Cristina Galvan,
Alex Hai, Silvana Ndreca, Elena Reggiani,
Irene e Elisa Santi, Carlo Setti, Annalisa,
Edy e Vania Vianello

解　説

パオロ・カルヴェッティ

いにしえの時代から、イタリア半島では洗練された多様な文明が出会い発展を遂げてきた。今のイタリア文化は古代ローマやローマ帝国から連綿と続く歴史の上にあると広く考えられているが——多くのイタリア人が自分は古代ローマの「末裔《まつえい》」であると考えている——、それ以前に、今日私たちが「イタリア」と呼ぶこの地にはサビーニ人、ラテン人、エトルリア人、フェニキア人、ギリシャ人、ケルト人が居住し、あるいは植民都市を築いていた。そして、豊かな文化が育まれ、多彩な芸術が生み出されていった。

それを考えると、十七、十八世紀にヨーロッパの裕福な貴族の子弟が古代文明などを学ぶためにヨーロッパ大陸を長期間旅行していたグランドツアーの時代から、今日なら「カルチャーツーリズム」と呼ぶ旅の行先として、イタリアが好まれるようになったのも驚くべきことではない。ヨーロッパの知的な若者たちが旅中に見聞したことから「イタリアの古代文化遺産」のイメージが作られ、芸術や考古学的遺産の背後に広がる美しい自然も広く知られることとなった。とりわけ十九世紀以降は、ロマン主義の広がりとともに、作家や詩人たちがイタリアについて書き、世界の文学史に残る傑作も生まれた。イタリアを訪れ、筆を執った多くの作家のなかでもっとも有名なのはゲーテとスタンダールだろう。スタンダールは『イタリア旅日記 ローマ、ナポリ、フィレンツェ』（一八二六）で、芸術に圧倒される様子を書いている。日々、感嘆と驚愕《きょうがく》の連続で眩暈《めまい》にも襲われ、後に「スタンダール症候群」という用語さえできている。『イタリア紀行』（一八一六－一七、二九）の作者、孤独な旅人ゲーテは、ヴェネツィアの人目につかない町角を散策しながら、運河や路地、ティツィアーノやヴェロネーゼの絵画が飾られた建物に心を奪われている。町が汚くゴミの収集が非合理的だと非難しているが、町全体への称賛に比べれば些細《ささい》なことだ。このドイツの作家は幼少の頃には、父親からヴェネツィアの話を聞かされ、イタリア土産のゴンドラの模型で遊んでいたのだ。

ヴェネツィアは、実に特異な場所である。多くの作家がこの町から着想を得て、舞台にした作品を著してきた。詩人バイロンは『ヴェネツィア頌歌』（一八一九）で、その頽廃《たいはい》を詠んでいる。目にした町はすべてが衰退に向かっているようだが、内在する美しさや栄華を誇る過去の記憶にバイロンは惹《ひ》かれた。しかし、ジョン・ラスキンは『ヴェネツィアの石』（一八五一－五三）で、連帯感や名誉といった価値観が市場の論理に取って代わられた当時の社会を批判するため、ヴェネツィアを取り上げた。この町は、時に、芸術の衰退や人間の倫理の低下のメタファーとなるのだ。ヴェネツィアをすべて肯定的に捉えた作品は、二十世紀初頭のヘルマン・ヘッセによる「ヴェネツィア・ノート」を待たなければならない。このエッセイのなかのヴェネツィアは、バイロンやラスキンが記したヴェネツィアではない。また、マルセル・プルーストの傑作では、主人公が「失われた時を求めて」追憶する、哀愁漂う陰鬱《いんうつ》な場所として描かれている。彼はある朝パリで敷石につまずいた瞬間、一九〇〇年に母親と訪れたヴェネツィアのサン・マルコ広場で足を取られた時の感覚を思い出すのである。

もちろん、日本人にもイタリア旅行記やヴェネツィアについて執筆した人はいる。初めての本格的な記述は、一八七三年にイタリアに到着し、ヴェネツィアに七日間滞在した岩倉《いわくら》使節団による『特命全権大使　米欧回覧実記』（一八七八）だろう。『実記』には、町並みや旅の行程、訪れた建物について書かれているが、驚かされるのはその詳細な記述というより、内容が今の日本人が持っていく旅行ガイドとほとんど同じだということだ。つまり、十九世紀の終わり頃には、広く認識されたヴェネツィアのイメージがあり、町の「読み解き方」がすでにできあがっていたことになる。使節団以前にアルプスを越えてやってきた人たちが受けた印象が、その後、町を表す特徴となり、地元の人たち自身が来訪者に――この場合は日本の人々に――その美しさや魅力を伝える時、こうした表現を使うようになっていた。

ゲーテの好意的な見方にしろ、頽廃を強調したラスキンの捉え方にしろ、解読モデルに影響を受けた日本人は他にもいた。『イタリア古寺巡礼』（一九二八）を著した和辻哲郎《わつじてつろう》は、イタリアへの旅の終わりにヴェネツィアを訪れ、そこで病を得る。意気消沈する和辻に町は陰鬱に映り、彼に先んじて訪れたヨーロッパの作家たちと同じような憂いを含んだ文章が綴《つづ》られている。また、イタリアを舞台に歴史小説を書いてきた塩野七生《しおのななみ》は『海の都の物語　ヴェネツィア共和国の一千年』（一九八〇－八一）で、その栄華と変遷を描いた。読者は、深い考察に基づいた魅力的な物語のなかに、総督が統治するヴェネツィア、シェイクスピア風の商人、放蕩三昧《ほうとうざんまい》のジャコモ・カサノヴァが通った貴族の館など、長い間語られてきたヴェネツィアのイメージを見いだす。

さて、内田洋子さんの『対岸のヴェネツィア』を読み始めると、いわゆるヴェネツィア「日記」から想像できるものとはまったく違った作品だということがわかり、驚きを覚えた。それは、「外」からやってきた著者に先入観を持っていたからではない――実際、多くのイタリア人やヴェネツィアの人たち自身が今もなお、この町の「秘密」や「知られざる町角」を描き、その名を世界に知らしめた歴史上の人物をめぐる物語を書いている――。そうではなく、この本が内田さんを日常に招き入れた地元の人たちとの出会いを通して得た数々の発見に満ちているからだ。この点では、著者とヴェネツィアの町との関係は、例えば須賀敦子《すがあつこ》が内省的な文章で『ヴェネツィアの宿』に著したそれとは大きく異なっている。須賀の作品では、町は自らの生活やヨーロッパの旅、日本の家族、そして父親との複雑な関係といった記憶を語る時の背景となっている。

内田さんはヴェネツィアとの出会いを、住民との出会いとして語っている。隣人、美術館内のショップの店員、同じ地区に暮らす建築家、ドイツ人の友人。長年ヴェネツィアに暮らすこの友は、町の魅力に取りつかれ移住してくる人たちの典型だ。さらには、店のオーナーや国立公文書館の迷路を案内する司書など。そして、日々触れ合う人たちとの会話から、思いがけず訪れることになる場所の数々。誘われたコンサートの会場は、外国人があらかじめチケットを予約してから行くあのフェニーチェ劇場ではなく、ある教会だ。そこで聴くのは音楽へ情熱を惜しみなく注ぐ愛好家たちの合唱である。郷土料理を楽しむのは、観光客相手にそれらしい食事を提供する大衆食堂でも、美味《おい》しいが値の張る高級レストランでもない。作り方や材料の選び方まで教えてくれる友人の作る料理で、だ。

内田さんが住まいに選んだのは——あるいは偶然の巡り合わせだろうか——、六つの地区（セスティエーリ）からなるヴェネツィア本島の隣にあるジュデッカ島である。本島からは船で行く。ヴァポレット（水上バス）が一日中運航しているので容易《たやす》く渡れるが、ジュデッカ島はどこへでも歩いて回れる本島とは運河によって隔てられている。ヴェネツィアの一部だが、本島を正面に臨む。素晴らしい眺めを堪能できると同時に、住民の日常生活についてじっくり考えを巡らすだけの距離があるのだ。ゴンドラの船首には鉄製の装飾があるが、六つの地区を表す櫛歯のような六本が外側に向いているのに対し、ジュデッカ島を象徴する一本だけが反対を向いているのは偶然ではない。これが内田さんが描いた『対岸のヴェネツィア』、ジュデッカ島だ。ヴェネツィアを観察するには恰好の場所であり、内田さん自らの経験のメタファーでもある。内田さんは観光客でも行きずりの旅人でもなく、この町に暮らし、日々の現実に深く入り込んでいる。しかし、外からの来訪者であり、もしかしたら特異性に閉ざされたこの町で営まれている生活を対岸から観察しているということなのかもしれない。

イタリア語に長《た》けた内田さんだからこそ、外からの観察者としての視点を持ちつつ、唯一無二のこの町の日常をよく理解できる。大いなる歴史を誇り、遺産を保存していく責務を自覚する一方で、観光に押しつぶされ町のアイデンティティさえ危険に晒《さら》され、観光以外の新たな生産活動をなかなか見いだせずにいるという大きな矛盾を抱えた、この小さな町の日常を。内田さんは家探しに向かう電車で同乗した地元の人たちの話を聞き、高潮による冠水警報やゴム長靴なしでは歩くのもままならないことを知る。これがヴェネツィアなのだ。つまり、この地で暮らしながら、この地で生まれ育った人たちとの交流によってのみ知りえることを少しずつ手に入れなければならない。ヴェネツィア方言では、外から来た、その土地の習慣を知らない人を指して、しばしば「フォレスト」(foresto)――「外人」「賓」の意味で、必ずしも軽蔑語ではない――と言う。この本で描かれているのは、ヴェネツィアを理解しようと注意深く観察し、住民の暮らしを理解する、まさに「フォレスト」としての発見だ。人々の生活には幾世紀にも亘って継承されてきた習慣も最近の悪習もある。その両方に気付くかどうかが、居住者と、旅行者や滞在者との違いだ。私が『対岸のヴェネツィア』に惹かれたのは、個人的な経験に通ずるこの点にあったのかもしれない。私はカ・フォスカリ大学で教鞭《きようべん》を執るため二〇一一年に家族とともにヴェネツィアに転居し、現在も居を構えている。暮らし始めて日の当たりにしたことが、内田さんの本には書かれている。例えば、家探しの時は、この町が杭《くい》の上に造られていることを考えなければならない。ともすれば、高潮で浸水してしまうかもしれないからだ。しかし、正しい選択をすれば、「窓枠を額縁にしたヴェネツィア」というこれ以上ない景色を堪能できる。路地をさまよい、道に迷った時、思いもよらない光景に遭遇する。青果を積んだ小船で売られていた「アーティチョークの〈尻〉」を見つけた時のように、見知らぬ者どうしでも日常を分かち合う。ヴェネツィアには、新型コロナウイルス感染症が拡大する前、年間二千五百万人の観光客が訪れていたが、その一方で住民は五万人にも満たず、毎日、同じバールや同じ書店、同じ町角で顔を合わせるのだ。

『対岸のヴェネツィア』は、さまざまな出会いを通してヴェネツィアを知る、そういう本だ。出てくる観光名所も、人々の生活の断片を語る背景をなしているに過ぎない。実際、私たちが訪れた場所を記憶しておく時、それが出張であれ、休暇あるいは外国での長期滞在であれ、触れ合った人との思い出に強く結びついている。

『対岸のヴェネツィア』を読むと、登場する人々を通して町の雰囲気を味わうことができる。まるで、地元の人たちに案内され、家を囲む高い壁を乗り越えた先に現れるパラレルワールドに入り込むかのようだ。

ヘルマン・ヘッセは「ヴェネツィア・ノート」で書いている。「ヴェネツィアへの熱い想いはさておき、ヴェネツィアを眺め尽くした私が、八日間トルチェッロの漁師と小船に乗り、寝食をともにしなかったら、ラグーナは物珍しく、なじみのない、風変わりで不可解なものであり続けただろうか。［中略］あの八日間をティツィアーノやヴェロネーゼの作品を見ることに費やすこともできただろう。しかし、アカデミア美術館やドゥカーレ宮殿ではなく、金色がかった暗褐色の三角帆の漁船の上でこそ、ティツィアーノやヴェロネーゼを理解できたのだ。絵画だけではなく、町全体はもはや威圧的な美しさに満ちた謎ではない。それは、私の一部となり、理解して初めて享受できるもっと美しい現実なのだ」。（注1）

内田さんも同じように、日々の経験を受け止め、人々との出会いに導かれ、ヴェネツィアを「生きる」。そして書かれた『対岸のヴェネツィア』は、今まで幾度となく繰り返されてきたありきたりの語りとは異なるところへと読者を誘《いざな》うのだ。

（パオロ・カルヴェッティ　イタリア文化会館館長）

注1　「Uber das Reisen」「ディー・ツァイト紙」一九〇四年四月三〇日号掲載「Uber das Reisen」伊語版から一部、筆者訳。

本書は、二〇一七年十一月、集英社より刊行されました。

初出
文芸WEBサイト「レンザブロー」二〇一六年八月~二〇一七年三月に
掲載の「ヴェネツィア暮らし」を、加筆修正の上改題しました。

集英社文庫

対岸《たいがん》のヴェネツィア

2020年7月25日　第1刷
2023年8月12日　第2刷

定価はカバーに表示してあります。

著者　内田洋子《うちだようこ》
発行者　樋口尚也
発行所　株式会社 集英社
東京都千代田区一ツ橋2-5-10　〒101-8050
電話　【編集部】03-3230-6095
【読者係】03-3230-6080
【販売部】03-3230-6393（書店専用）
印刷　図書印刷株式会社
製本　図書印刷株式会社

フォーマットデザイン　アリヤマデザインストア　　マークデザイン　居山浩二

ISBN978-4-08 744138-3 C0195